Liebesgedichte 15 Kolmar

Herausgegeben von Ulla Hahn

Gertrud Kolmar

Liebesgedichte

Auswahl und Nachwort von Ulla Hahn

Reclam

Meins

Ich weiß nicht, wann es kommen wird,
Daß ich's mit Händen greife:
Hat dunkle Löckchen ob der Stirn
Und eine rote Schleife.

Ich weiß nicht, ob es kommen wird,
Daß meine Augen 's sehen:
Sein Füßchen, ungeschickt und klein,
Kann ja so schnell nicht gehen.

Der Weg ist weit, ist gar so weit;
Wie mag's die Wandrung wagen?
Muß doch mein Glück, meines großes Glück
In winz'gen Händchen tragen.

Und wenn es stolpert unterwegs,
Mag denn mein Glück verderben!
Komm, lieber Liebling, weine nicht,
Und bring mir mit die Scherben.

Die Scherben sind mir schon genug –
Ich halt die Arme offen. –
Und kommst du nie, verschweig's, du Meins,
Und laß mich weiterhoffen.

Und wenn du Männer zwingen willst,
So mußt du rasch dich rüsten
Und, eh im West der Schnee noch schmilzt,
Marschiern nach Frankreichs Küsten.
Und wenn du Mädchen zwingen willst,
So weck nur dein Gelüsten,
Und ruh heut nacht, daß du es stillst,
An meinen weißen Brüsten.

Und was der Leute Mund drob redt,
Den Spott will ich ertragen;
Wenn dir der Feind nicht widersteht,
Wie sollt's dein Lieb wohl wagen?
Ein heißes Herz ist noch kein Fehl,
Ein tapfre Seel kein Schaden,
Und wenn sich fanden Herz und Seel,
Wird uns der Himmel gnaden.

Denn so ist dein und mein Geschick:
Dir schuf der Schmied die Waffen;
Den ros'gen Mund, den dunklen Blick,
Die hat mir Gott geschaffen.
Der Schuster hat die Schuh gemacht,
Die deinen Weg betraten,
Vom Schneider hab ich meine Tracht,
Mein Kindlein vom Soldaten.

Die Verlassene

1 Sehnen

Ob du von mir dich fortgewandt –
Komm, Liebster, komm! –
Harrt meine Tür noch deiner Hand –
Komm, Liebster, komm!

Nicht ich ersehn nur neuen Gruß –
Komm, Liebster, komm! –
Mein Teppich hofft auf deinen Fuß:
Komm, Liebster, komm!

Nicht mich nur quälet Einsamkeit –
Komm, Liebster, komm! –
Mein Sessel macht die Arme weit:
Komm, Liebster, komm!

Nicht mein Aug nur wird heimlich naß –
Komm, Liebster, komm! –
Die Lampe schimmert gar so blaß:
Komm, Liebster, komm!

Nicht mein Gesicht nur bleicht das Weh –
Komm, Liebster, komm! –
Mein Bett ist weißer als der Schnee:
Komm, Liebster, komm!

Durch vergangner Freuden Gasse
Mein Erinnern irrt.
Weit stehn manche Türen offen,
Manches Fenster klirrt.

Und die Häuser warten, winken,
Alle in der Reih;
Immergrüner Efeu raschelt –
Doch ich geh vorbei.

In des kahlen Fensters Rahmen
Zeigt sich rotes Licht
Und ein Männerhaupt. Ich stocke –
Weiter kann ich nicht......

–

Ich möchte nimmer hören
Der Uhren Schlag,
Mit beiden Händen halten
Den kurzen Tag.

Einst schienen sich die Zeiger
Zurückzudrehn;
Mir blieb die Glut der Sonne
Im Mond noch stehn.

Und jünger ward, nicht älter,
Ich Stund um Stund:
Das tat ein großer Zaubrer,
Ein fremder Mund……

3 Gleichnis

Der Flieder neigt sich welk in zarter Trauer;
Stolz glüht der Rotdorn im Gewitterschauer.

Er lächelt unter tausend blut'gen Wunden.
So ist die Lieb, die du bei mir gefunden.

Sie beugte sanft sich dir wie weißer Flieder,
Schaut jetzt wie Rotdorn flammend auf dich nieder.

Das Kleid

Dies ist mein dunkles Werktagskleid.
Schaut es euch an.
Voller Löcher ist es und hat Flicken und Flecken,
Staub liegt auf Schmutz,
und graulich Gespinst haftet dran,
Rostige Nadeln müssen die Risse verstecken.

Aber wenn der Feiertag kommt,
der Feiertag und mein lieber Freund –
Ich will's doch nicht von mir legen,
Ich bind einen kleinen Kranz um mein Herz
Und geh ihm fröhlich entgegen.

Der Staub auf meinem Kleide flockt dicht, ganz dicht
Und wächst weichfallen und weiß,
durch alle Risse rieselt silbernes Licht,
Aus Nadelspitzen schlingt sich ein Sternchenkreis,
Und der bunte Tupf wird Perlenschmelz,
Und der hellere Fleck wird Demantstein,
Das Spinngeweb schnürt den schwanweißen Pelz
In goldige Fäden ein.

Aber das Schönste ist ein winziger Strauß –
Sein Rosengesicht lächelt über den Glanz –
Der brach aus meiner Brust heraus.

Um mein Herz blüht ein Kranz.

Hörst du mich?

Tausend Träume habe ich,
Hörst du mich?
Tausend Träume habe ich für dich.
Flogst du eines Nachts vom Schwanenneste,
Hob dein Flügel mich zur Wolkenfeste.
Tausend Träume habe ich,
Hörst du mich?
Tausend Träume habe ich für dich.

Hundert Namen habe ich,
Hörst du mich?
Hundert Namen habe ich für dich.
Liebster Freund ... bist meines Gottes Ritter ...
Grauer Falter du mit goldnem Flitter ...
Hundert Namen habe ich,
Hörst du mich?
Hundert Namen habe ich für dich.

Fünfzig Freuden habe ich,
Hörst du mich?
Fünfzig Freuden habe ich für dich.
Glücklich Lächeln und mein zitternd Schweigen,
Buntes Kleid auf sonnigen Waldessteigen.
Fünfzig Freuden habe ich,
Aber nur ein Herz.
Für dich.

Ich möchte an deinem Bette sitzen, ganz still,
Als eine kleine Mutter
Bei ihrem kranken Kind.
Ich möchte nichts wissen, das ich will,
Schweigen,
Nur zeigen,
Wie lieb ich dich habe.

Doch käm ich als Weib, würden die Leute
Schlecht an mir handeln.
In einen großen, schönen Hund
Will ich mich wandeln,
Mit seidigem Fell.
So find ich dein Haus, muß kratzen
Hart an der Tür, bis du öffnest.
Dann schmieg ich ruhig mich hin
        auf den Teppich vor deinem Lager,
Lieg, die Ohren zwischen den Tatzen.
Wenn einer hertritt, murre ich;
Aber wenn wir allein sind,
Heb ich manchmal den Kopf und schaue lange auf dich
Mit klugen, treuen Augen.

Märchen

Ich hab vor deinem Hause still gestanden
In einer Nacht.
Und hatte ganz dich lieb und ohne Maßen;
Ich wies zu dir den Sternen goldne Straßen
Und habe selig stumm gelacht.

Ob meinem losen Haar hob ich die Arme
Wie Zweige, schlank und rund.
Da stürzte Regen in das Mainachtschweigen
Und rief sich zage Blüten aus den Zweigen,
Und jede war ein blasser Mund.

Du aber kamst nicht.

So streute ich mit lächelndem Verschwenden
Dem Mond die Blumen her.
Und spürte Treiben herber, dunkler Kräfte,
Mir ward die Frucht voll süßer, süßer Säfte;
Schon fiel sie, duftend, weich und schwer.

Du aber kamst nicht.

Eishagel tanzte höhnend auf den Steinen.
Da klaffte schwarz ein Schacht.
Drein ließ ich die zerbrochnen Arme hangen. –
Geblüht und Frucht getragen – und vergangen
In einer Nacht.

Meine Füße tauchen in den Teppich,
gaukeln auf dem bunten Meere,
Klappernd um die Knöchel hüpft
grüner Kugelketten Zier.
Meine nackten Füße wissen nichts
von Müh und Schwere,
Meine Lenden wissen nichts von Scham vor dir.

Mein bemalter Schwebeschleier
Sprengt mit Rosen einen Leib, der ist Elfenbein;
Weiße Seide streicht, wie geballter Windhauch
über einen Weiher,
Meine Arme stoß ich tief in die luftige Lust hinein.

Vor dem harten, kalten Spiegel tanzt ich immer.
Deine wasserhellen Augen werden
Spiegel für ein Weib,
Dennoch starrst du mit so toten,
äußren Blicken in dies Zimmer:
Du erschaust die Seele
durch den dargebotnen Leib.

Doch ich irre. Nur dem eignen Bilde
warf ich dieser Blöße Glanz entgegen,
Und der Sessel, drin du sitzen sollst
und sehen sollst, ist leer;

Du fährst über Feld zu Knecht und Herde,
wiegst den Ackersegen –
Denkst du einmal her?

Deine Hände schaffen plagevolles Werk am Ende,
Meiner Lippen Wünsche gehn im Schritt
der Schenkel, scheu wie Diebe,
Küssen deine schmalen, schlanken,
deine bleichen, eisigen Hände,
Die ich innig liebe.

1 Wunschlied

Du solltest zu mir kommen in der langen Nacht.
Sie hätt aus Silberseide dir ein Bett gemacht.

Drum solltest du bei mir schlafen
die ganze lange Nacht;
Mein kleines dunkles Auge wär ein tiefer,
tiefer Schacht.

Mein Auge wäre ein Brunnen,
im Grunde Geisterlicht,
Da schautest du unter der Wirklichkeit
allen Glückes Gesicht.

Träume blieben in Stunden stehn
und sähn dich an: Es ist wahr.
Sehnsucht würf den Flügelhut
aus ihrem brennenden Haar.

Alles was süß ist und warm ist,
leis deine Lider nur streift,
Hätt Nacht in roter gespaltener Frucht
für deine Lippen gereift.
Meine Locken wären feines braunes Gras und Kraut,
Aus den Halmen sprängen Blüten
wie du sie nie geschaut.

Blüten von so fremdem Duft,
    Blüten von so seltnem Schein
Schütteten mit unaufhörlich sachtem Rieseln
    ganz dich ein.

Aber meine Arme kröchen, listigen Schlangen gleich
Durch den Blumenwald zu dir, schön und schwellend,
bunt und weich.

In schillernde Schlingen verstrickt,
    in Blütenwehe verschneit –
Könntest du noch erwachen vor lauter Seligkeit?

2 Liebe im Grase

Die Blumen standen wie ein wirrer Kranz,
Brautkranz für mich, Siegerkranz für Dich –
Sie leuchteten vor Scham und jungem Glanz
Und dachten sich
Wohl einen weißen, weißen Schmetterling
Oder einen raschen, roten Falter,
Der schwer an ihren offnen Kelchen hing'.

Die Sonne kam, aus Rot und Gold und Braun,
Braungold wie mein Haar, Rotgold wie dein Leib –
Trat frei ins Blätterhaus, uns anzuschaun,
Denn sie ist Weib,

Ist warm und weiß, wie schamlos Liebe gibt,
Und beschenkte uns mit blühnden Lichtern.
Die Sonne ist ganz nackt wie wir und liebt.

Die Sonne glühte nackt und freute sich:
Freude an dir, Wohlgefalln an mir –
Und meine Augen glänzten ewiglich
Vor Glück in dir.
Und meine Brüste haben weich gelacht,
Da sich rings die bunten Vögel riefen,
Und streiften ein Marienwürmchen sacht

Aus deinen blonden Halmen, ehe wir entschliefen.

3 Abend

So süß ist Schlaf, so tief ist Ruh,
So gut ist's selig-still zu sein;
Nun zieh den weißen Vorhang zu,
Und laß uns in einander ein.

So trag ich dich, so trägst du mich,
Da dunkelblaue Weiher sind;
Du spiegelst mich, ich spiegle dich,
Bis mählich Bild und Glanz verrinnt –
Da hebt und senkt es leise sich
Und weht wie Schilf im Abendwind.

So schwer dein Haupt, so klein der Raum,
So schön ist's, wehrlos gut zu sein;
Du schläfst: Nun schwimmt auf deinem Traum
Mein waches Sinnen zu dir ein
Wie glockenzarter Glitzerschaum,
Der zitternd singt im Dämmerschein – – –

Ich liebe dich nicht. Nein, dich liebe ich nicht.
Ich liebte deinen Kameraden.
Das Haar stand ihm in silbrigen Kornes Schwaden,
Sein Lächeln – Erntesommers Licht.

Er hat feine, helle Hände. –
Deine Hände sind kantig, rauh und braun.
Kluge Augen, die ruhig mich schaun
Wie das vertraute Gelände.

Wir sahen uns, Mann und Weib.
Auf dem Hüttendach trommelte Regen;
Müde warst du, durchnäßt von Wegen
Ich wagte nur scheu dich zu streicheln: Bleib.

Wir sprechen ein wenig zusammen,
Keines versteht des Anderen Wort.
Unsichtbar prasseln kleine Flammen,
Zucken auf, ducken sich ein,
    schwelen schwächer fort.

Du bist das starke, schöne Tier
Mit den glänzenden, freundlichen Blicken.
Von geistigen Geschicken
Weißt du nichts und weißt garnichts von mir.

Mein muntres Kleid ist dein Vergnügen,
Mein Wuchs, dunkler Scheitel und hellerer Ton
Ich suche in mir einen kleinen Sohn
Mit deinen strengen, ebenen Zügen.

Eines Abends die stundenlange Sekunde
Stehst du, schaust fernhin, atmest schwer und
 stumm.
Gewehrschultern, Gehen. Ich weiß nicht, warum.
Die Flämmchen sterben am Grunde.
Einmal noch wendest du um,
Drückst meine Hand fest, sehr fest.
 Am Himmel strahlt eine rote Wunde.

Ich liebe dich nicht. Nein, dich liebe ich nicht.
Meine Nächte träumen niemals von dir.
Zwischen Tagespflichten blickt still nach mir,
Braungolden, dein stolzes Zigeunergesicht.

Mein Wein. Mein Brot. Meine Luft. Mein Licht.

Neig dich wieder, neig dich nieder,
Glühendes Gesicht!
Gern erwachen meine Glieder,
Meine Seele nicht.
Ihre Blicke, ihre Küsse
Herzen deinen Traum,
Fallen flimmernd, Silbernüsse,
Ihm vom Sternenbaum.

Sieh! Ich bin der dunkle Quader,
Der vor Schätzen birst;
Du – o meine goldne Ader,
Wenn du mich durchirrst!
Wird einst Wahrheit in mich steigen
Mit dem Bergmannslicht?
Woll dich neigen, froh im Schweigen,
Glühendes Gesicht.

Immer muß ich dich betrachten,
Der mein Tagwerk führt:
Kann ich noch des Windes achten,
Der das Kleid mir rührt?
Schellenrasselnd naht ein Schlitten;
Fordert mich der Schwall?
Seine Fragen, seine Bitten
Finden keinen Hall.

Denn um mich ist Luft gewoben,
Luft aus Schneearom,
Flocken zittern nach von droben,
Weißer, warmer Strom.
Fremde Brunst und Kunst und Schlingen
Sinken hier ins Grab,
Wehn mit starren Schmetterlingen
Lautlos von mir ab.

Grauer Wolkenvogel, schütte
Schwebend weichen Flaum,
Deck mir meine braune Hütte,
Meinen Tannensaum,
Schwelt doch blaß durch dein Gefieder
Ferner Sonne Licht ...
Neig dich wieder, neig dich nieder,
Glühendes Gesicht!

Junge Kinder reden mit den Monden,
Kleine Kinder greifen nach der Sonne,
Kinder rufen in den schlimmen Regen,
Bittend, daß er ihrer schonen möge.

Einen Gürtel wollt ich von den Sternen,
Ich begehrt ein Krönchen von der Sonne
Und hielt Zwiesprach mit der schlimmen Liebe,
Bittend, daß sie meiner schonen möchte.

Kleine Gemmen schenkten mir die Sterne,
Auch die Sonne stickte mir ein Mützchen,
Nur die Liebe war so unabwendlich,
Unerbittlich blieb sie wie der Regen.

Das große Feuerwerk ist nun verpufft.
Und, tausend losgespritzte Fünkchen, hängen
Noch kleine Sterne in des Dunkels Fängen.
Die Nacht ist lang.

Ich lehn am Baum und sinn am Himmel hin
Und sehe wieder dünnen Sprühgoldregen
Dem Teich enttanzen, sich vertropfend legen.
Die Nacht ist lang.

Weiß ist mein Hut, mein Kleid ist leicht, mich friert.
Bleich blühten Chrysanthemen ob den Wellen,
Zerrieselten in sieben rosige Quellen.
Die Nacht ist lang.

Ich such die Bank und warte, hart geduckt.
Es duckte sich die Schlange, pfiff im Sprunge
Und zischte rasend auf mit glüher Zunge.
Die Nacht ist lang.

Ich wärme meine starren Hände nicht.
Aus Schwarz und Schimmer stieg ein Palmenfächer,
Der zückte Silberspeere auf die Dächer.
Die Nacht ist lang.

Mein Auge schläfert, aber unterm Lid
Kreist noch das Sonnenrad mit leisem Singen,
Und grüne Ringe gehn aus roten Ringen.
Die Nacht ist lang.

Das große Feuerwerk ist längst verpufft.
Zwölf Schläge tut es irgendwo im Weiten –
Ich geh wohl heim, weil so die Füße schreiten.
Du kommst nicht mehr.

Die Tage suchen einsam ihre Stühle
Und sitzen nieder ohne Blick noch Wort.
Der Abend weht. Sie schauern in der Kühle,
Verhüllen sich, stehn auf und schreiten fort.

Doch mancher war, der nicht gelassen blieb,
Der lachend, weinend durch die Stunden tollte,
Mich unbedacht in Gram und Jauchzen trieb
Und zuckend festhielt, als er wandern sollte.

Nur einer kam – im Kleid wie Gras und Sand –
Er trällerte ein rotes Liebeslied,
Nahm, da es Zeit war, lächelnd meine Hand
Und legt' ein kleines Licht hinein und schied.

Zürne nicht! Ball' nicht die Hand zur Faust!
Tu sie auf, weit auf! Sieh, wenn du mich hörst,
Springen die hellen Sterne hinein.
Alle kenn' ich und nenne sie dir.
Ruhm ist der rote östliche Stern,
Der fallend kreist und kreisend wächst,
Bis er die Erde beschattet
Und dennoch Raum hat in deiner Hand,
Der Riese!
Das zackige, scharfe Gestirn heißt Macht,
Das hart herabsticht mit bläulichem Strahl,
Ehre hängt klar in der lautlosen Luft,
Ein großer, goldener Tropfen.
Sternenbrüder sind Sieg und Sang.
Welches ist deiner jetzt – meiner?
Folg' mir! Erkennst du unter dem Mond
Das scheue, schimmernd schwimmende Licht,
Rein wie ein Seelchen, leicht wie sein Hauch,
Stets überfunkelt von Ruhm und Macht,
Gottes kleinstes, sein liebstes Kind,
Das silberne Sternlein – Liebe?

Ich will die Nacht um mich ziehn als ein warmes Tuch
Mit ihrem weißen Stern, mit ihrem grauen Fluch,
Mit ihrem wehenden Zipfel,
der die Tagkrähen scheucht,
Mit ihren Nebelfransen, von
einsamen Teichen feucht.

Ich hing im Gebälke starr als eine Fledermaus,
Ich lasse mich fallen in Luft und fahre nun aus.
Mann, ich träumte dein Blut, ich beiße dich wund,
Kralle mich in dein Haar und sauge an deinem Mund.

Über den stumpfen Türmen
sind Himmelswipfel schwarz.
Aus ihren kahlen Stämmen sickert gläsernes Harz
Zu unsichtbaren Kelchen wie Oportowein.
In meinen braunen Augen bleibt der Widerschein.

Mit meinen goldbraunen Augen will ich fangen gehn,
Fangen den Fisch in Gräben,
die zwischen Häusern stehn,
Fangen den Fisch der Meere:
und Meer ist ein weiter Platz
Mit zerknickten Masten,
versunkenem Silberschatz.

Die schweren Schiffsglocken läuten
aus dem Algenwald.
Unter den Schiffsfiguren starrt eine Kindergestalt,
In Händen die Limone und an der Stirn ein Licht.
Zwischen uns fahren die Wasser;
ich behalte dich nicht.

Hinter erfrorener Scheibe glühn Lampen
bunt und heiß,
Tauchen blanke Löffel in Schalen, buntes Eis;
Ich locke mit roten Früchten,
draus meine Lippen gemacht,
Und bin eine kleine Speise in einem
Becher von Nacht.

Als ein kleiner Vogel tanzt mein Kind,
Als der bunte Vogel überm Fluß,
Flüchtig glimmend, Regenbogenkuß,
Der von Rost und Bläue überrinnt.

Aber dies ist nur Gefiederkleid,
Dieses Frohe, das in Farben blitzt;
Denn ihr Ich ist elfenbeingeschnitzt,
Und ihr Scheitel dunkelt wie das Leid.

Und ihr Antlitz dunkelt wie der Schmerz,
Wenn den Fisch, der rasch und rötlich schlägt,
Sie von Silberwiesen baumwärts trägt,
Purpurflosser – eines Menschen Herz.

Eines Mannes Seele ... Die im Tau
Kühl und reinlich ihren Tag gelebt.
Und sie schaut das Opfer: wie es bebt.
Und sie atmet sanft: ich bin die Frau.

Einer Mutter armes Herz vielleicht,
Ihrer Mutter Herz ... Das sie verstößt,
Dem sie lächelnd tiefen Gram erlöst,
Stummen Schrei, der keinen Gott erreicht.

Ach, ich kenn ihn wohl, den Vogelgeist,
Der mich Zuckendes mit Schärfe sticht,
Aus den grauen Wogenkammern bricht
Und hervor in seinen Himmel reißt.

Droben birst kristallenes Gesetz,
Fahren Fluten, grenzlos heiß und still,
Und die Flamme senkt das goldne Netz
Über einen Kirschbaum im April.

Erde

Die Erde siecht von Jahr zu Jahr
Wie eine Mutter, deren nicht die Kinder achten.
Sie schmähn das spukhaft wirre Haar
Und ihre närrischen vergangnen Trachten.

Gift hat die Blütenstirn geätzt,
Ein wilder Fleiß den Blick verändert,
Der Städte Aussatz ihren Leib gefetzt,
Und Schienen halten ihn umbändert.

Und alle Blumen in den Falten sind zerdrückt
Und alle bunten Kanten ganz zerknittert,
Und schöne Tiere, die sie einst geschmückt,
Sind blaß und brüchig abgesplittert.

Ich habe auch die Hände nicht
Und nicht den Mut mehr, dir zu dienen
Vor diesem neuen, fordernden Gesicht,
Gebieterischen, starken Mienen.

Ich kann nur wie die andern tun,
Die dich nicht sehn, nicht ehren,
Ich Windgeschöpf des Heut und Nun.
Doch einmal will ich wiederkehren.

Ein ewig Mal ... Wenn ich mein Kind gebar,
Wie Höhlenweiber Leben warfen.
Da lieg ich nackt, und bringe dir es dar,
Fern allen Schemen, allen Larven,

Und wirk ihm einen offnen Schrein
Aus Glas und Gold; so soll es an dir hängen,
Ein Zierat, köstliches Gestein
Nach deinen Hügeln wird es drängen,

Darinnen nie die Quellmilch ganz versiegt,
Sich unbewußt und tief erquicken,
Aus deinem Garten, da es liegt,
In meine Augen blicken.

Wie Paukenwirbel hab ich
meine Füße einst geschlagen,
Und meine Füße taten mir nicht weh.
Nun muß ich schwer und säumig
mich durch Zimmerfluchten tragen,
Ein Schlitten, plump im Schnee.

Von Sommerufern schwamm ich
unter flitternder Libelle
Den gelben Mummeln nah.
Nun schäumt von Tannenscheiteln
eine bleiche Flockenwelle;
Sie stehen dumpf und greisend da.

Auf buntem Teppich mach ich nackte,
mißgefügte Schritte.
Wie gut, wie gut, daß niemand sie erblickt,
Die wider alle Anmut sind und wider jede Sitte,
So häßlich ungeschickt.

Ich will doch tanzen, aber ja,
ich muß doch einmal tanzen;
Denn Lieder haben keinen solchen Dank.
In meinen Händen aber schwillt ein Zweig
mit Pomeranzen,
Auf diesem Haupt glüht unvergossen süßer Trank.

Weil ich so fröhlich bin!
Nur ganz ein seliges Erzittern,
Ein Früchtebaum in Wind,
Der seine Reife strahlend wiegt hin
über grauen Gittern,
Das tausendfach empfangne Kind.

Um meine Schultern unsichtbar
ziehn tönende Paläste,
Wächst sausend düstrer Stein,
Und silbern irrt ein Nachtstern
durch mein bräunliches Geäste
Der grünen Krone ein.

Was war ich? Kleines Weiberwesen,
Unrast und Beschwerde,
Das Zündholz, das sich einer strich. –
Die Mutter bin ich; wenn ich kreise,
tanzt auch Gottes Erde
Mit mir, in mir, um mich.

Vor deinen starken Taggedanken
Steh ich zerbrechlich und verhöhnt,
Die Schale mit den Blumenranken,
Der deine Lippe sich gewöhnt,
Ein zärtliches Gefäß, bekränzt
Mit rotem Mohn und blauen Raden,
Dein Schaun dem Tranke einzuladen,
Den deinem Dürsten es kredenzt.

So zierlich klirrend, bunt gesprenkelt
Ergötz ich Heimkehr dir und Tisch,
Gerundet wart ich und gehenkelt,
Geduldig und verführerisch,
Daß du mit kurzem Griff mich pflückst,
Um rasch und achtlos zu genießen;
Dann muß ich mich im Schrank beschließen,
Bis du mich neu zur Lampe rückst.

Ach, ich war nie in jenen Stunden,
Da du dich selbst der Welt verwarfst;
Mein Blut entsprang geheim den Wunden,
Die du im Schlaf mir öffnen darfst.
Und schmeichelnd duckte blasse Hand,
Die immer, Scharlachtropfen, blühten,
Die meine Sorgen nicht behüten,
Wenn erst dein Rausch sie wiederfand.

38 Du siehst das Haar mir tief im Nacken
Als dunkle, schwere Bürde ruhn,
Daß du es reißen magst und packen
Und wie ein Dickicht um dich tun.
Mich selber schlägst du, Zweig und Stamm,
Gehorsam dir den Herd zu wärmen:
Aus deinen Nächten will ich schwärmen
Mit zitternd loderndem Geflamm
Und Asche bleiben und mich härmen.

Ich bin im Dunkel und allein.

Und neben mir lehnt doch die Tür.
Wenn ich sie klinke, steh ich ganz im Licht.
Da sind ein Vater, Mutter und die Schwestern,
Ein Hund, der stumm und freundlich spricht.

Wie darf ich lügen, und wie kann ich sagen,
Daß ich ins Finstre hingestoßen ward?
Ich hab mich selbst aus allem fortgetragen.

Vor meinen Augen blühte Schnee.
Ich sah, daß er die Rispen zu mir neigte,
Zu meinen Jahren, und es tat mir weh.

Ich hatte nichts, dem Alter zu versöhnen
Mein Herz, das jung und rot wie Frucht erklang,
Es an die bleiche Kühle zu gewöhnen.

Da weint ich sehr und ging.
Und fand den Mann an einer Wegegabel,
War still und liebte und empfing.

Es sang in mir auf einer Geige
So süß, so leicht, im Anbeginn.
Nun singt es nicht mehr, wenn ich schweige.

Die Angst mit ihren Fleckenhänden kam,
Saß bei mir nieder, meinen Leib betastend,
Belud ein Grinsen: »Fühlst du keine Scham?

Wo blieb der Frauenring für deinen Finger?
Du fürchtest Diebe, hältst ihn brav versteckt.«
Ist meine nackte Rechte denn geringer?

So arm, so nackend wird es sich
Auch meinem Schoße bald entwinden.
Und wenn ichs denken muß, umkrampft es mich.

Es krallt sich ein und läßt mich zittern,
Wie Sturm den Baum im Winterfeld
Befreit von seinen letzten rostigen Flittern.

So fegt es mir hinweg, was dünn und schal,
Die kleine Sorge, listiges Vergnügen,
Und bricht die Knospe auf der großen Qual.

Der großen Freude. O, ich will dich werfen
So wie ein Tier und glücklich sein! –
Ich finde Klauen, die ein Messer schärfen ...

Es ist doch Nacht. Und ist ein Ding, das Schande heißt.
Ich darf dich nicht gebären.
Ich weiß den Schnellzug, der den Wald zerreißt.

Dem geh ich zu an seinen blanken Gleisen
Und werde müd und leg mich froh zu Bett
Quer auf zwei flache Stäbe Eisen.

Die Verlassene

An K. J.

Du irrst dich. Glaubst du, daß du fern bist
Und daß ich dürste und dich nicht mehr finden kann?
Ich fasse dich mit meinen Augen an,
Mit diesen Augen,
deren jedes finster und ein Stern ist.

Ich zieh dich unter dieses Lid
Und schließ es zu und du bist ganz darinnen.
Wie willst du gehn aus meinen Sinnen,
Dem Jägergarn, dem nie ein Wild entflieht?

Du läßt mich nicht aus deiner Hand mehr fallen
Wie einen welken Strauß,
Der auf die Straße niederweht, vorm Haus
Zertreten und bestäubt von allen.

Ich hab dich liebgehabt. So lieb.
Ich habe so geweint ... mit heißen Bitten ...
Und liebe dich noch mehr, weil ich um dich gelitten,
Als deine Feder keinen Brief,
mir keinen Brief mehr schrieb.

Ich nannte Freund und Herr und Leuchtturmwächter
Auf schmalem Inselstrich,
Den Gärtner meines Früchtegartens dich,
Und waren tausend weiser, keiner war gerechter.

Ich spürte kaum, daß mir der Hafen brach,
Der meine Jugend hielt – und kleine Sonnen,
Daß sie vertropft, in Sand verronnen.
Ich stand und sah dir nach.

Dein Durchgang blieb in meinen Tagen,
Wie Wohlgeruch in einem Kleide hängt,
Den es nicht kennt, nicht rechnet, nur empfängt,
Um immer ihn zu tragen.

Von den himmlischen Tischen
Stürzt der Abend Wein
Zu den kleinen Fischen:
Wie sie wunderlich schrein.
Schrein und weinen sehr,
Leiden Hungers Not;
Denn so heiß und rot
Bäckt
All ihr silbernes Brot.

Düstere Muhme aus Eisen
Hockt und löffelt Licht;
Alle Wesen verreisen
Mählich in ihr Gesicht.
Weide webt die Brau,
Wie der Schneebeerstrauch
Ihren Atemhauch
Dicht
Weht als bläulichen Rauch.

Deine summenden Augen
Tun die Flügel zu,
Kriechen nieder und saugen
Mir vom Herzen das Du.
Und ein Purpurblatt

Seiner Blüte fällt
Über sie und hellt
Sanft
Eine dämmernde Welt.

Wem sollte ich meine rote Hölle schenken?
Wem meinen malvenfarbenen Himmel
zwischen Abend und Nacht
Mit Lampen, dickflüssig gelb aus Eidotter gemacht,
Und der sich auf die Stadt hinlegt,
lastend wie Denken?

Dieser Stadt Häuser haben seltene Türme.
Ihre Dächer steigen, Gebirg, in die freien Lüfte ein;
Sie heißen Gesetz und Sitte,
manche auch Anstand und Schein.
Ummauerte Gäßchen, häßliche Namen,
verkriechen sich wie Gewürme.

Mir ward all das Kriechende längst
von goldenen Flammen zerrissen;
Nicht stand ich in heimlichen Toren, gierig,
lachte dem Dieb,
Zuckte glänzende Schultern aus Fetzen, lüstern:
Hast du mich lieb?
Ich trug die ewig glühende Kohlenkrone,
trug sie auf meinem Gewissen.

Einmal ward sie entzündet, verschlungen,
gesteigert
In unendliches Wehn, feuerwipfligen Wald.

Ihre Zunge schlug in den Mund,
der meinen Schenkel umkrallt,
Und nie hat sich stürzender Funke den starken,
den reinen Händen des Jünglings geweigert.

Er hielt ihn hinauf in Nacht als schmerzende Leuchte,
Und hält er ihn durch sein Leben
als unaufhörlichen Brand,
So wird es geklärt, erscheinend
und eingeschmolzen dem Land,
Das keine erstickenden Moore schleppt
voll laulicher Feuchte.

Das ist wahr. Ich bin nicht die Lasterhafte.
Ich bin nicht die Böse,
Die dem Toten die Mannheit raubt,
des Vogels kindliches Auge durchsticht,
Die dem vertrauenden Knaben
den zarten Wirbel zerbricht.
Ich fresse mich selbst in dem sengenden Schrei:
Erlöse!

Jenen, die auf dem Holzstoß
prasselnde Bisse zermalmen,
Bin ich gleich, ich, das Weib, das Geschlecht, Mutter,
Gebärerin.
Über die Zeugenden, die Gezeugten
lodert mein Herz ewig hin.
Meine Seele kniet und singt Psalmen.

Die Stickerin

Ich sticke einen großen Papagei
In Blau und Gelb. Ich glaube, Ara nennt man ihn.
Er spreizt sich auf dem Ast mit hellem Schrei.
Die Ararauna der Kreolin hat stets
so hart und toll geschrien.

Wohl seltsam, daß ein Vogel sprechen lernt …
Die Ara hieß schon alt, wie Greise sind.
Oft bat ich, wenn sie Nüsse ausgekernt,
Zum Fenster auf; denn ich war hungrig und ein Kind.

Die Dienerin der Fremden war auch alt,
Doch lackschwarz ihre Strähne,
braun ihr faltiges Gesicht.
Sie führte mich in einen schönen Wald
Mit Nattern, Panthern, bunt und heimlichem Getier:
ich glaubt ihr nicht.

Uns dünkte sie ein Drache, der mit Schätzen geizt.
In ihren Ländern muß es herrlich sein und warm!
Ich dachte dran, als ich den Ofen früh geheizt;
Er schlingt das Holz so gierig. Ich bin arm.

Der Wollschal paßt zur Pfirsichblütenseide gut
Auf meinen Knien. Sie zittert, wenn er sie nur streift,
Wie wohl ein zartes und verwöhntes Mädchen tut,
Wenn ein Zerlumpter bettelnd ihren Ärmel greift.

Dies Gelb der Brust ist nicht genug verbrannt;
Grüngolden, scheints Zitronenfalter mir –
Die Spiegel seines grauen Rockes hab ich so benannt,
Als er ins Feld gegangen, Offizier.

Sein blondes Haar. Ich hatt ihn doch so lieb …
Es wehte so: dies silberblonde Haar …
Durch meine Finger ließ ichs rinnen, durch ein Sieb.
Er mocht es niemals leiden, strafte mich … Das war.

So denk ich mir den Seemann. Er trug keinen Bart. –
Dicht um die Dampferschraube
    war ein Strudeln und Gezisch.
Er schenkte mir noch eine weiße Troddelmütze
    für die Fahrt,
Und nach uns zog der Flußstreif
    wie ein langer, düstrer Fisch.

Den Araflügeln geb ich dieses glänzend starke Blau. –
Ich fand ihn immer bei mir, wenn ich schlief;
Er aber lag in Frankreich irgendwo am Drahtverhau
Und schrieb mir jede Woche einen guten Brief.

Kindlein Abend hat sich müdgespielt,
Horcht der Stimme, die »Zu Bett!« befiehlt,
Trollt den roten Gummiball nach Haus,
Zieht die kleinen bunten Wolken aus.

Schwer zur Stange flattert Hahn und Huhn,
Unterm Schuppen mag nun Harke ruhn,
Raunt dem Spaten, den sie eng umfaßt,
Noch von bösem Gras und Schollenlast.

Wo am Zaun sich Berberitze duckt,
Spierstrauch mit den welken Fingern zuckt,
Über Lattenwerk und morschen Pfahl
Fällt es huschend, schwarzgestreckt und schmal.

Wie es unbeirrbar, ohne Schritt,
In Gestrüpp der wilden Rose glitt,
Schwamm ein Lächeln nieder, sanft und weh,
Bleichendrotes: »Hab Erbarmen! Geh!«

Buckelnd hockt es: Schratt und Krallentier.
Seine Augen sprinkeln grüne Gier,
Und der Schwanz, nun in Gekräut verwälzt,
Ist wie Raupe häßlich und bepelzt.

Wo nur schauert Seele, hilflos nackt,
Daß die Hölle ausfährt und sie packt?
Ward der arme Vogel schon bestimmt,
Dem die Katze seine Jungen nimmt?

Der Wal

K. J. gewidmet

Du. Dich wollt ich vom Himmel mir krallen,
Reißen tief in mein Leben hinein;
Tag ist eben zu Splittern zerfallen,
Sonne tröpfelt, nun süßerer Wein.
Ob meiner Hand,
Greisingewand,
Schleiert schon weißer der neblichte Schein.

Du. Du weidest auf kühleren Wiesen,
Schaumglasäckern, Gefilden der Flut,
Hinverwandelt zum schwebenden Riesen,
Der bei den Müttern der Bläue ruht.
Felsen von Eis
Strömen dir leis
Reinere Kissen, ihr silbernes Blut.

Was du empfunden, als Labe, als Beule,
Was du in Helle gedacht und begehrt,
Wirft dir vom Haupte die tanzende Säule
Höher ins Dunkel, das sprudelnde Schwert.
Lilie aus Gischt
Blüht und erlischt:
Seele, von ewigem Wogen verzehrt.

Warst du so stark je, so Stummheit und Rune?
War je dein Atem so hauchend und groß?
Stürzt dir mein frevelnder Schrei die Harpune,
Zerrst du durch jagende Qualen dich los?
Irgendwo weit,
Leicht in der Zeit,
Taumelt ein leeres, gekentertes Floß.

Fischkönig

An K. J.

Wo sind Namen, die ich gewußt?
Aufschrei hat sie zerrissen.
Einer segelt durch die Brust
Mit meinem grauen Gewissen,
Schwankt auf meinem schweren Sinn,
In sein Licht gestiegen:
Fahre, König, fahre hin,
Laß die Krone liegen!

Die Krone krallt den Grundschlamm fest,
Wurzelt, eine Rüster.
Brachsen funkeln durchs Geäst
In ein altes Düster,
Welse stürzen vom Geäst
Nach beschupptem Raube,
Und der Stichling baut sein Nest
Im getriebenen Laube.

Gleite, König, gleite stromab,
Laß die Flosser sich haschen!
Ich werfe Netze über mein Grab,
Netze ohne Maschen.
Ich will dich fangen als einen Fisch,
Fisch der Sonnenröten;

Schlürfen sollst du Gewell und Gezisch
Mit den Feuerkröten.

Ich hebe dir ein Königreich
Über Schlämmgoldkörner.
Deine Haare wehen Laich,
Spülen Schneckenhörner.
Meine Tiefe spaltet ein Stein,
Den Fäuste hinverstießen.
Da will ich dich setzen, dich allein,
Und die Wasser über dir schließen.

General Superior Arnold Janssen

Dies ist das Herz: die Knospe, halb erschlossen,
So zag, so rot, sich schämend, Glut zu sein,
So voller Angst verhaltend schmalen Schein,
Der schon sie netzt und bald sie ganz durchflossen.

Sie fühlt ein fremdes Glück, noch nie genossen,
Das, ihrem Kelch entboren matt und klein,
Nun über seine Ränder stürzt wie Wein,
Von ungezähmter Hand ihm eingegossen.

Was ist das? Kind? Sie kann es nicht mehr töten,
Und ist es Frucht, sie kann es nicht mehr sammeln,
Doch wie es heiße, Zauber, Flamme, Fluß:

Das blüht auf einer Wange als Erröten
Und findets eine Kehle, wird es Stammeln,
Und eine Lippe rührt es an als Kuß.

Mrs. Henry Morse

Und wenn du kämest – o geliebter Schritte
So tief erbangtes, so unendlich Nahn! –
Ja, wenn du kämest, wär ich aufgetan,
Und diese Rose wär es, die ich schnitte,

Die leicht aus meinem Händebeben glitte
In schlanker Vase feines Porzellan,
Das ohne Bild und schneeig wie der Schwan,
Und wüßte nichts von diesem, was ich litte.

Denn wo die blauen Berge groß sich wälzen,
Da brach ihn starke Hand aus Felsens Brust,
Den edlen Stein, und gab ihm Blumenzüge.

Hellrosa, kühl und spröde: sie ertrüge
Als einzige die Flamme unsrer Lust
In starrem Herzen, ohne hinzuschmelzen.

Captain Harvey-Cant
Im Gedenken an K. J.

Ja, neige, neige dich, du Rosenrot,
Du kleine Ampel, Alabasterstern!
Dir will ich dienen, meinem Ruhm und Herrn,
Dir Opfer bieten, Wein und süßes Brot.

O nimm mich ein. Ich führe, sanftes Boot,
Mit deinem Wind in tiefen Abend gern;
Er wiegt dich sacht, und du bist doch schon fern
Und gleitest scheinend nieder in den Tod.

So ohne Flackern schwindest du, o Licht,
So sinkst du, Nachen, ohne Hilfeschrei.
Ich hör dein Schweigen: hör den Jammer nicht,

Ich seh dich an: die Erde rollt vorbei.
Du bist gestorben, Sommertagsgesicht;
Ich lebe, daß ich trauern mag: verzeih.

Wappen von Bücken

Aufgerichtet auf goldenem Grund
zwei schwarze rotkrallige Bärentatzen

Für K. J.

Lag ich und schlief, da dieses Eine geschah?
Saß ich und träumte? Frühling und Krokusbeet?
Mählich flossen die tickenden Stunden ab
Aus der Uhr. Die Stunden sind lange verweht.

Von deinen Wimpern stäubte, da du sie hobst,
Goldener Seesand, überrieselte mich.
Zwischen den Augen sog sich bläulich und zart
Schattender Falter fest: da küßte ich dich.

Um dein blondes Haar strich Schwinge des Tags,
Auf deiner Schulter kniete nächtige Ruh;
Fernher winktest du mir wie durch einen Wald.
Sprachst du? Das weiß ich kaum. Doch sagte es: Du.

Und die Hände sanken wie Moorerde schwer.
Ach, deine Hände lagen auf meiner Brust,
Auf der Frau, die stumm und sinnlos sich bot,
Dick und haarig wie Moos, ein schwarzes Gekrust.

Irgendwo boll ein Jagdhund, fiel eine Axt,
Sang ein stürzender Wasserfall mit Getös.
Deine Krallen spritzten Funken, sehr rot,
Knisterten, kicherten, griffen teuflisch und bös.

Diese liebende Brust, mein atmender Leib
War dein mürbes Leintuch, das müde zerschliß;
Rosa und graue Flügelein deckten mein Herz,
Leise schlagend, bis es die Tatze zerriß.

Wappen von Königswalde

Auf Silbergrund eine nackte, gekrönte,
goldhaarige Jungfrau zwischen zwei grünen Tannen,
die sie mit Händen hält

Manche verhüllen sich mit Mänteln tropfenblau,
Andere entdecken sich aus Tüchern feuerrot;
Rinnen die blauen über mich, bin ich tot,
Lohen die roten von mir, werde ich Frau.
Und ich warte.

Meine Füße gehn nackt und so rasch
durch Tannadeln und Moos,
Daß ein finsteres Schwein
in den kleinen Augen erschrickt.
Daß die Rehmutter zittert,
die mich am Mittag erblickt:
Zehen rollen als zarte, spielende Schlangen sich los
Und züngeln zu Quellen.

Mir schmiedete goldenes Haar
eine Unterweltsnacht,
Elben mit Krötenfingern haben die Ringel gefeilt,
Lieblich ist meine Stirn, die Gebreste heilt,
Der Mund eine duftende Frucht, die reift und lacht.
Und die blutet.

Und meine Krone – wer kommt, der sie raubt? –
Und meine Krone wird von Nattersteinen begleißt;
Ich küsse die harte Hand, die sie niederreißt,
Daß eine schönere neue mir baue ums Haupt
Buntes Gemäuer.

Am Abend, wenn die jungen Männer in Dörfer gehn,
Stehe ich an der Waldschneise,
    schreie wie Häher, schweig.
Sie wandern zu Mädchen.
    Bisweilen kehrt einer unters Gezweig,
Sehr verwunderten,
    glänzenden Auges mich anzusehn.
Und zu bleiben.

Nur Nacht hört zu. Ich liebe dich, ich liebe dich,
    mein Volk,
Und will dich ganz mit Armen umschlingen
    heiß und fest,
So wie ein Weib den Gatten, der am Pranger steht,
    am Kolk
Die Mutter den geschmähten Sohn nicht einsam
    sinken läßt.

Und wenn ein Knebel dir im Mund
    den blutenden Schrei verhält.
Wenn deine zitternden Arme nun
    grausam eingeschnürt,
So laß mich Ruf, der in den Schacht
    der Ewigkeiten fällt,
Die Hand mich sein, die aufgereckt
    an Gottes hohen Himmel rührt.

Denn der Grieche schlug aus Berggestein
    seine weißen Götter hervor,
Und Rom warf über die Erde einen ehernen Schild,
Mongolische Horden wirbelten
    aus Asiens Tiefen empor,
Und die Kaiser in Aachen schauten
    ein südwärts gaukelndes Bild.

Und Deutschland trägt und Frankreich
trägt ein Buch und ein blitzendes Schwert,
Und England wandelt auf Meeresschiffen
bläulich silbernen Pfad,
Und Rußland ward riesiger Schatten
mit der Flamme auf seinem Herd,
Und wir, wir sind geworden durch den Galgen
und durch das Rad.

Dies Herzzerspringen, der Todesschweiß,
ein tränenloser Blick
Und der ewige Seufzer am Marterpfahl,
den heulender Wind verschlang,
Und die dürre Kralle, die elende Faust,
die aus Scheiterhaufen und Strick
Ihre Adern grün wie Vipernbrut
dem Würger entgegenrang,

Der greise Bart, in Höllen versengt,
von Teufelsgriff zerfetzt,
Verstümmelt Ohr, zerrissene Brau
und dunkelnder Augen Fliehn:
Ihr! Wenn die bittere Stunde reift,
so will ich aufstehn hier und jetzt,
So will ich wie ihr Triumphtor sein,
durch das die Qualen ziehn!

Ich will den Arm nicht küssen,
den ein strotzendes Zepter schwellt,
Nicht das erzene Knie, den tönernen Fuß
des Abgotts harter Zeit;
O könnt ich wie lodernde Fackel
in die finstere Wüste der Welt
Meine Stimme heben:
Gerechtigkeit! Gerechtigkeit! Gerechtigkeit!

Knöchel. Ihr schleppt doch Ketten,
und gefangen klirrt mein Gehn.
Lippen. Ihr seid versiegelt,
in glühendes Wachs gesperrt.
Seele. In Käfiggittern einer Schwalbe
flatterndes Flehn.
Und ich fühle die Faust, die das weinende Haupt
auf denAschenhügel mir zerrt.

Nur Nacht hört zu. Ich liebe dich,
mein Volk im Plunderkleid.
Wie der heidnischen Erde, Gäas Sohn
entkräftet zur Mutter glitt,
So wirf dich du dem Niederen hin, sei schwach,
umarme das Leid,
Bis einst dein müder Wanderschuh
auf den Nacken der Starken tritt!

Mein Fenster ist im Dunkel aufgetan
Und meine Seele aufgetan mit ihm.
Ich seh den Sternenkranz der Cherubim
Und warte auf den Schwan.

Der Nachthauch irrt um Lager und Gestühl
Und tastet an mein schauerndes Gewand
Und streicht mit kaltem Finger meine Hand;
Mein Fuß ist nackt und kühl.

Ich habe nicht den Tag, der eben blich,
Den Morgen und den Abend nicht erkannt;
Ich ging in Zimmern. Doch mein Wesen stand
Und rief die Nacht und dich.

Ich rufe dich. Ich klage nach dir stumm.
Ich sehne mich. Und wage keinen Schrei.
Sonst stürzte Neugier, Staunen, Zorn herbei;
Nun schlummert das ringsum.

Wo weilt der Teich, da blasse Rosen sind?
Wo glimmt die Tiefe, da du Silber schürfst,
Der mondgemischte Tropfen, den du schlürfst,
Raunt taubenblauer Wind?

Der meines Glückes glühnde Schmerzen trägt,
dein stolzer Nacken windet sich und sinkt ...
O Stunde, da dein Flug, der schneeig blinkt,
An schwarze Himmel schlägt!

O Stunde, da du rauschend niederziehst,
Auf meine Brüste weicher Flaum sich senkt,
Da um die Liebe, die dir bebend schenkt,
Du reine Flügel schließt!

O komm. O komm. Mein Kelch ist aufgetan
Und badet, schwer von Demut und von Duft,
Sich blühend in der winterklaren Luft
Und wartet auf den Schwan.

Deine Hände keimen in Finsternissen,
Und ich seh nicht, wie sie blühn,
Atmend aus dem Schnee der Kissen.
Meeresgrün,

Wogengrau verglitzern deine Augen;
Meine Wange leckt ihr Schaum.
Nelkenrote Quallen saugen …
Süßes Harz von weißem Birkenbaum

Tropft die Stille goldbraun nieder …

O breiter Flügel, zuckender Schulter entstiegen!
O bleicher Schwanenflügel, der mich beschattet!
O Nacken, flaumige Brust, o Leib, den ein Wiegen
Verschilfter Bucht umschläfert, zärtlich ermattet!

Libellensirrendes Wispern …

Komm.

Du hast meinem Munde die reife
    Granatfrucht geschenkt,
Des Apfels starken Saft, erzeugende Kerne,
Hast in die Himmelsgründe kristallen
    wachsender Sterne
Wurzeln des Rebstocks versenkt.

Blau schwellen Trauben: koste.

Siehe, ich bin ein Garten, den du gen Abend erreicht,
Fiebrige Arme an schlanker silberner Pforte
zu kühlen,
Im verstummten Geäst Aprikose zu fühlen,
Bin unterm südlichen Hauch,
der die Ruhende streicht,

Eine schmale, blasse Wiese.

Erschauerndes Gräsergefilde, lieg ich bereit und
bloß;
Mitternachtsglut schloß mir Lippen
bebender Winde zu,
Doch die verborgenste Blüte öffnet
den purpurnen Schoß:
Du.

Du … komm …

Spüre, ich bin die Frau; meine klugen
Finger erfüllen
Milchiges Porzellan mit Gewürzen der Lust,
Gießen zaubrisches Naß. Du spreitest aus Hüllen
Schlagenden Fittich, taumelst an meine Brust,

Sinkst, ein großes, lastendes Glück, in Tiefen.

Sanfter nun trägt dich die Flut, streichelt
lässig die Flanken
Wuchtendem Schiffe, das drüben im Hafen war
Mit ragenden Schornsteintürmen,
Masten hoher Gedanken;
Fühlst du die Möwe wenn dir durch rauchig
wirbelndes Haar?

»Manhattan« ... »New York« ... »City of
Baltimore« ... bleibe!

Aus Morgen ballt sich mählich graue Nebelhelle,
Nieselt dich schleichend fort
Meinem Schimmerspiegel, meiner armen Welle –
Letzter Blick, o letztes Wort!

O, ich ahne euch, da ferne Scharen
Wilder Enten klagend schrein ...
Meine Muschelkrone stürzt aus dunklen Haaren –
Schlummre du ... ach, schlummre ein.

Und laß mich weinen ...

Lied, das im Schlummer des geliebten Mannes tönt!
Wenn alles eingesammelt, Ruf, Gespräch und Glossen
Wie Kinderspielzeug abends
in den Schrank verschlossen,
Die schwarze Mutter stumm in Schleiern und gekrönt

Auf Treppen hoher Türme niederschreitet,
Ein Lager streifend mit umflortem Mond bescheint,
Der Silberlampe; wenn sie lautlos weint
Und Krankentrunk aus Mohn und Asphodel bereitet:

Dann hör ich deine Atemzüge gehn.
Du singst. Ich suche dich und soll dich nie erlangen.
Ach, jeder weist mir, daß du heimlich fortgegangen –
Wie lang? Wohin? Ich kann dich nicht mehr sehn.

So weit bist du, so weit getrennt von meiner Seele,
Ob auch dein Leib so nah an meinem Leibe blieb;
Ich rühre deine Achsel: Du. Ich hab dich lieb ...
Und fühle Worte, die ich tags voll Scham verhehle,

Und doch will dies Gesicht, das über deins sich beugt,
Den Schläfer nimmer wecken, will nur betend wachen,
Daß nicht der Raum verfällt zur Höhle grauer Drachen,
Die einst den Knabentraum in wirre Angst geäugt.

Und doch weiß dieses Herz, daß
Stundenschläge splittern,
Da du, ihm abgewendet, niemals wiederkommst.
Stern, der du über mir im warmen Dunkel glommst,
Wann werd ich einsam vor durchschneiten
Morgen zittern?

Du weißt es nicht. Und bist am Ende schon bereit
Und fliehst mich ohne Hast auf deinen
fremden Wegen –
Ich mag die Schläfe still an deine Schulter legen,
Die Hände auf mein Herz, das um Erbarmen schreit.

Gar nichts anderes wars; kein Vogel, kein Falter flog.
Nur ein gilbendes Blatt zitterte in den umsponnenen
Weiher, ich sah es.
Komm.
Ach, dies tauig hauchende Gras, wie es zärtlich meine
fiebrigen Zehen kühlt!
Bück dich ein wenig:
Haselnüsse, die wohl der große plündernde
Buntspecht hierher verstreut hat.
Aber noch sind sie nicht reif.
Nein, ich bin nicht genäschig noch hungrig.
Später werden wir unter die Obstbäume gehen und
auf dem Rasen schöne rotflammige Äpfel suchen
Oder die runden, saftigen goldgrünen Pflaumen
schütteln. Ja, willst du?
Weißt du noch: all die Pfauenaugen, so viele, die an
den abgefallnen, verrotteten Früchten sogen und
taumelten?
Und auch ein Trauermantel wehte, finsterer Sammet,
gülden umsäumt, blau beperlt ...
O die Rose! Sie duftet ... Gestern noch wollte sie
Knospe bleiben;
Nun schloß Nacht sie auf, daß sie blühe, die scheue,
errötende, und sie scheint glücklich ...

Du Geliebter, im Traum der Hummeln und Bienen
muß solch unberührt schwebender alabasterner
Becher glühn.
Du fragst mich, ob Bienen und Hummeln träumen?
Sicher träumen sie, wenn sie in jener rahmweißen
Schwertel schlummern, kindlich von süßer,
schaumiger Bienenmilch.
Aber Steinhummeln sind die schönsten, summend
in warmen schwarz und fuchsigen Pelzen ...
Was blickst du auf einmal seltsam mich an und
lächelst?
War ich bleich schimmernd in Mitternächten dir
berauschender Kelch?
Dir Milch, dir Wein, goldbrauner Malaga,
rubinenes Kirschenwasser?
Schweig. Ich lege die atmende Hand auf deine
Lippen ...

Morgenwind. Leise schauernde Halme. Feuchte.
Und ein winziger reglos hockender Frosch, der aus
grüner Bronze geformt ist.
Und eine Seejungfer, stahlblau mit gläsernen
Flügeln,
Sirrt dahin. Mich fröstelt ...
Weiden wie badende Fraun neigen die Stirnen,
fahlblond rieselndes Haar dem Teich.

Sprich, bedeutet ein Schneckenhorn Gutes dem,
der es aufhebt?
Wenn du zweifelst, schenk ichs der Flut.
Wie sie sich kräuselt, sich bauscht ... seiden ... und
blinkt doch Kälte.
Hier auf dem einzig offnen, besonnten Fleckchen
im Röhricht, Lieber, laß noch ein wenig uns
sitzen
Und hinüberschaun nach den Fenstern, unseren
Fenstern, die Waldrebe und dumpferer Efeu
umkriechen.

Wie mir dies kleine umschattete, weltversunkene
Schloß gefällt!
Auch das Mauergeschnörkel, auch die geschwärzte
Vergoldung, die bröckelnden Putten, die müden
Blumengewinde,
Auch das Moos, das an den zersprungenen
griechischen Vasen hängt.
Auch am Tor die mächtige Linde und ihre
Ringeltaube, die wieder mit dunkelndem
Rucksen ruft.
Und das kunstvoll geschmiedete Gitter ...

Gehst du jetzt ... soll ich schon folgen? Führ mich;
ich friere ... ich fürchte ...
Bis zu den Mummeln, dem gelben Leuchten,
möchte ich schwimmen.

Sieh, der Flausch deiner Brust wuchert algenhaft,
und ich weiß: der Wassermann bist du.
Und ich weiß: unzählige Schätze, Seesilber,
Schlämmgold, häufst du tief in verborgenen
Kammern unter dem Wasser, der Erde.
Wirst du jetzt meine Hände nehmen, mit mir zum
Grunde tauchen, zur Pforte, die ein schwerer,
schnauzbärtiger Wels bewacht?
Soll ich nie Schwester noch Bruder mehr sehn, nicht
den alten Vater mehr, den ich liebe?
Du, ich bebe ...
Wenn ich empfinge: mein Kind trüge
Schwimmhäute zwischen Fingern und Zehn,
trüge Muscheln und Wasserlinsen seltsam in
immer triefenden Haaren.
Kehr ans Ufer ... Spötter!
Flüsterst du scherzend, ich müßte dir
Zwillingsknaben, Kastor und Polydeukes,
gebären, weil ihrer königlichen Mutter Name
mich schmückt?
Glauben denn wir, daß im Schwan ein Göttliches
irdischem Weibe zu nahn vermag? Die liebliche
Fabel? –
Ich verstumme ... ich log ...
Meine kosenden Hände ducken Gefieder, tasten
weicheren Flaum, und weiße, zitternd
gebreitete Fittiche schlagen über mich hin ...

Heut bin ich krank, nur heute, und morgen bin ich
gesund.
Heut bin ich arm, nur heute, und morgen bin ich
reich.
Einst aber werde ich immer so sitzen,
In dunkles Schultertuch frierend verkrochen, mit
hüstelnder, rasselnder Kehle,
Mühsam hinschlurfen und an den Kachelofen
knöchrige Hände tun.
Dann werde ich alt sein.

Meiner Haare finstere Amselschwingen sind grau,
Meine Lippen bestaubte, verdorrte Blüten,
Und nichts weiß mein Leib mehr vom Fallen und
Steigen der roten springenden Brunnen des
Blutes.
Ich starb vielleicht
Lange schon vor meinem Tode.

Und doch war ich jung.
War lieb und recht einem Manne wie das braune
nährende Brot seiner hungrigen Hand,
War süß wie ein Labetrunk seinem dürstenden
Munde.
Ich lächelte,
Und meiner Arme weiche, schwellende Nattern
lockten umschlingend in Zauberwald.

Aus meiner Schulter sproßte rauchblauer Flügel,
Und ich lag an der breiteren buschigen Brust,
Abwärts rauschend, ein weißes Wasser, vom
Herzen des Tannenfelsens.

Aber es kam der Tag und die Stunde kam,
Da das bittere Korn in Reife stand, da ich ernten
mußte.
Und die Sichel schnitt meine Seele.
»Geh«, sprach ich, »Lieber, geh!
Siehe, mein Haar weht Altweiberfäden,
Abendnebel näßt schon die Wange,
Und meine Blume schauert welkend in Frösten.
Furchen durchziehn mein Gesicht,
Schwarze Gräben die herbstliche Weide.
Geh; denn ich liebe dich sehr.«

Still nahm ich die goldene Krone vom Haupt und
verhüllte mein Antlitz.
Er ging,
Und seine heimatlosen Schritte trugen wohl
anderem Rastort ihn zu unter helleren
Augensternen.

Meine Augen sind trüb geworden und bringen Garn
und Nadelöhr kaum noch zusammen.
Meine Augen tränen müde unter den faltig
schweren, rotumränderten Lidern.

Selten
Dämmert wieder aus mattem Blick der schwache,
fernvergangene Schein
Eines Sommertages,
Da mein leichtes, rieselndes Kleid durch
Schaumkrautwiesen floß
Und meine Sehnsucht Lerchenjubel in den offenen
Himmel warf.

Sie gingen
Durch den nebelleicht kühlen Wintermorgen,
    Liebende, Hand in Hand.
Erde bröckelte hart, gefrorene Pfütze
    sprang gläsern unter den Sohlen.
Drunten am Uferwege
Saß einer in brauner Sammetjoppe
    vor seiner Staffelei
Und malte die blattlos hängende Weide.
Kinder pirschten neugierig näher,
Und die Großen hielten für Augenblicke
    mit ihrem Gange ein, tadelten, lobten.
An dem algengrünen, glitschigen Stege
Schwamm ein lecker, verrotteter Kahn.
Drei Schwäne über den Wellen
Bogen die stengelschlanken Hälse, schweigend,
    entfalteten sich, blühten.
Die Frau brach Brot und warf es weit in die Flut.

Unter starrenden Eichen,
Die Äste, schwarz, verrenkt,
    wie gemarterte Glieder streckten,
Schritten sie an den fröstelnden Rasen,
    efeuumwucherten Pfeilern
    verschlossener Gärten dahin.
Als sie die lange steinerne Brücke betraten,

Riß Sonne den Nebel von sich wie ein Gewand,
Und die Stadt stieg auf, schräg hinter
dem breiten Becken des Flusses.
Ineinander, übereinander schoben sich Dächer,
schwarzgrau glänzend wie Dohlengefieder,
einzelne, höhere patinagrün;
goldene Turmhauben blitzten.

Möwen umkreischten, hungrig flatternde Bettler,
das Brückengeländer.
Sie waren hinüber
Und schauten vor mürrisch alltäglichem Hause
den Knaben zu, die ihrem gelben Hund
die wunde, blutende Pfote verbanden.
Frauen mit Marktnetzen, Henkelkörben
blickten vorübereilend die müßigen Fremden
knapp und mißtrauisch an,
Verschwanden hinter den Türen düsterer kleiner
murkliger Läden.

Lauter und stärker, wohlhäbiger,
fülliger wurden die Straßen.
Stattliche Gasthöfe luden mit kräftigen Lettern ein;
Rötliche Backsteinmauern standen
machtvoll-gewichtig da gleich Ratsherren
alter Zeit mit Puffenwams und Barett
und prunkender Schaube.
Bahnen lärmten fröhlich, bimmelten flink,
wie ein Gassenjunge am Parktor, entwischten.

Männer in dicken, warmen Mänteln beredeten
rauchend und lebhaft schreitend Handel
und Wandel,
Und bald fing die Garküche an, ihren Stand
mit nahrhaften Bratgerüchen zu rühmen.
Laden reihte an Laden sich,
Bot zartes, saftiges Fleisch und Wildbret, Fische,
geräucherten Aal und Sprotten,
Bot knusprig braunes längliches Brot, süß,
mit Korinthen gefüllt, und herbes,
das mehlüberstäubt oder mit Salz und Kümmel
bestreut war.
Zwischen zwei Kupferbechern duckte ein winziges
chinesisches Teehaus von kirschrot gelacktem
Holze sein geschweiftes vergoldetes Dach.

Doch das Gewölb, da um teures Geld Tränke
und Salben und Pulver gemengt und
verabreicht werden,
Wies durchs Fenster den Greis, wie lebend,
gebückt im Sessel,
In wollener Kutte, mit schlohweiß wallendem Bart;
Er schloß die Lider.
Hinter ihm grinste ein langes scheußliches
Beingeripp mit Totenschädels höhnischen
Augenhöhlen und Zähnen,
Die glitzernde Sense in einer Hand und mit der
andern des Sinkenden Schulter krallend.

Eine Uhr zeigte Mitternacht.
Da erschrak die Frau und griff nach dem Manne –

Er nickte und lächelte aber;
Denn er sah nichts als ihr finsteres Haar
und ihr blasses dunkeläugiges Antlitz.

Ich denke dein,
Immer denke ich dein.
Menschen sprachen zu mir, doch ich achtet es nicht.
Ich sah in des Abendhimmels tiefes Chinesenblau,
daran der Mond als runde gelbe Laterne hing,
Und sann einem anderen Monde, dem deinen, nach,
Der dir glänzender Schild eines ionischen Helden
vielleicht oder sanfter goldener Diskus
eines erhabenen Werfers wurde.
Im Winkel der Stube saß ich dann ohne
Lampenlicht, tagmüde, verhüllt, ganz dem
Dunkel gegeben,
Die Hände lagen im Schoß, Augen fielen mir zu.
Doch auf die innere Wand der Lider war klein
und unscharf dein Bild gemalt.
Unter Gestirnen schritt ich an stilleren Gärten,
den Schattenrissen der Kiefern, flacher,
verstummter Häuser, steiler Giebel vorbei
Unter weichem düsteren Mantel, den nur zuweilen
Radknirschen griff, Eulenschrei zerrte,
Und redete schweigend von dir, Geliebter,
dem lautlosen, dem weißen mandeläugigen
Hunde, den ich geleitete.

Verschlungene, in ewigen Meeren
ertrunkene Nächte!
Da meine Hand in den Flaum deiner Brust
sich bettete zum Schlummer,
Da unsere Atemzüge sich mischten zu köstlichem
Wein, den wir in Rosenquarzschale darboten
unserer Herrin, der Liebe,
Da in Gebirgen der Finsternis die Druse uns wuchs
und reifte, Hohlfrucht aus Bergkristallen
und fliedernen Amethysten,
Da die Zärtlichkeit unserer Arme Feuertulpen
und porzellanblaue Hyazinthen aus welligen,
weiten, ins Morgengraun reichenden
Schollen rief,
Da, auf gewundenem Stengel spielend,
die halberschlossene Knospe des Mohns
wie Natter blutrot über uns züngelte,
Des Ostens Balsam- und Zimmetbäume mit
zitterndem Laube um unser Lager sich hoben
Und purpurne Weberfinken unserer Munde Hauch
in schwebende Nester verflochten. –
Wann wieder werden wir in des Geheimnisses
Wälder fliehn, die, undurchdringlich,
Hinde und Hirsch vor dem Verfolger schützen?
Wann wieder wird mein Leib deinen hungrig
bittenden Händen weißes duftendes Brot,
wird meines Mundes gespaltene Frucht
deinen dürstenden Lippen süß sein?

Wann wieder werden wir uns begegnen?
Innige Worte gleich Samen von Würzkraut
und Sommerblumen verstreun
Und beglückter verstummen, um nur die
singenden Quellen unseres Blutes zu hören?
(Fühlst du, Geliebter, mein kleines horchendes Ohr,
ruhend an deinem Herzen?)
Wann wieder werden im Nachen wir gleiten
unter zitronfarbnem Segel,
Von silbrig beschäumter, tanzender Woge
selig gewiegt,
Vorüber an Palmen, die grüner Turban schmückt
wie den Sproß des Propheten,
Den Saumriffen ferner Inseln entgegen,
Korallenbänken, an denen du scheitern willst?
Wann wieder, Geliebter ... wann wieder ...?

Nun sintert mein Weg
Durch Ödnis. Dorn ritzt den Fuß.
Bäche, frische, erquickende Wasser, murmeln;
aber ich finde sie nicht.
Datteln schwellen, die ich nicht koste.
Meine verschmachtende Seele
Flüstert ein Wort nur, dies einzige:
»Komm ...«
O komm ...

Sie nahm den Silberstift
Und hieß ihn hingehn über die weiße
matt glänzende Fläche:
Ihr Land. Er zog
Und schuf Berge.
Kahle Berge, nackte kantig steinerne
Gipfelstirnen, über Öde sinnend;
Ihre Leiber
Schwanden umhüllt,
vergingen hinter dem bleichen Gespinst
Einer Wolke.
So hing das Bild vor dem schwarzen Grunde,
und Menschen sahen es an.
Und Menschen sprachen:
»Wo ist Duft? Wo ist Saft, gesättigter Schimmer?
Wo das strotzende, kraftvoll springende Grün
der Ebenen
Und der Klippe bräunlich verbranntes Rot
oder ihr taubes graues Düster?
Kein spähender Falke rüttelt, hier flötet kein Hirt.
Nie tönen groß in milderes Abendblau die
schön geschwungenen Hörner wilder Ziegen.
Farbenlos, wesenlos ist dies, ohne Stimme;
es redet zu uns nicht.
Kommt weiter.«

Sie aber stand und schwieg.
Klein, unbeachtet stand sie im Haufen,
hörte und schwieg.
Nur ihre Schulter zuckte, ihr Blick losch in Tränen.
Und die Wolke, die ihre zeichnende Hand geweht,
Senkte sich und umwallte, hob und trug sie empor
Zum Schrund ihrer kahlen Berge.
Ein Wartender,
Dem zwei grüngoldene Basilisken
den Kronreif schlangen,
Stand im Dämmer auf, glomm und neigte sich,
sie zu grüßen.

Das aber war nicht Liebe.
Die in Abendländern spricht
Und scherzt, auf Wiesen summt,
mit süßen Veilchen tändelt,
Die Lämmlein, Hündlein maiengrün
und kirschenfarb bebändelt:
Von dieser wußte keins. Sie nicht, der König nicht.

Der König und das Mädchen lernten eines bloß:
Die Frauen waren dunkle Schalen,
Mit rotem Wein beschenkt
zu einsam glühnden Mahlen.
Sie lockten, Rätsel, mit der Berge Porphyrschoß,

Sie standen, Harfen, voll verstummter,
schwerer Melodie,
Die ihr Geheimnis nur in Düster tönte.
Und Balsam, Gold, Gestein und Purpur:
was sie schönte,
Der ganze Osten stürzte schimmernd über sie;

Sie troffen, dufteten und glänzten sehr. –
Und Esther kam. Der Blick,
der hart ergriff und prüfte,
Befand an Haar und Antlitz, Brüsten, Arm und Hüfte
Sie reicher nicht als jene, um die her

Ein Glimmen schwamm und schwand,
vom Jauchzen noch, vom Sieg,
Vom Frühruf, vom Geleucht und Glück
der Sonnentage.
Sie aber trug die Qual, die ewige Niederlage
Als Last, als Krone, und sie schwieg.

So fern den andern, ihrem Prunk aus Funkeln, Klang
und Macht
Begann sie und entdeckte langsam dem Beschauer
Die Lande Juda, Benjamin mit ihrer Völker Trauer
Und die gestirnte große Nacht.

»Denn sieh, du blätterst einen Menschen um«

Gertrud Kolmar

Auf meinen Knien das Häufchen
Fotokopien wird leichter

Langsamer lesen

Mit jedem Blatt lege ich Lebenszeit ab
von einer die schrieb im vorletzten Brief:
Ganz ohne Freude bin ich freilich nicht
Sie meinte ihre Erinnerungen
Weinte mit keinem Wort
Lebte vom Leben schon sehr weit entfernt
Legte an alles Geschehen längst
den Maßstab der Ewigkeit
Trat freiwillig unter ihr Schicksal
Hatte es schon »im voraus bejaht, sich ihm
im voraus gestellt« schrieb sie

Langsamer lesen

Wir wissen nicht wo sie starb
Wir wissen nicht wann sie starb
Ihre Mörder sind bekannt
Im letzten Brief fiel ihr »eben etwas
Ulkiges ein«. Versprechen und Pläne. Herzliche Grüße

Langsamer lesen

Immer wieder von vorn.

(Ulla Hahn 1982)

 Gertrud Kolmar: eine bedeutende Stimme im lyrischen Kanon des 20. Jahrhunderts, nicht nur, wie es immer wieder heißt, als »Schwester« von Else Lasker-Schüler und Nelly Sachs. Gleichrangig ist sie auch den »Brüdern«, etwa Trakl und Heym. Seit 1955 »Das Lyrische Werk« der Kolmar vorliegt, kann man dies wissen, spätestens aber seit der dreibändigen kommentierten Gedichtausgabe Regina Nörtemanns (2003) und dem ausgezeichneten *Marbacher Magazin* zur Ausstellung im Schiller-Nationalmuseum, bereits 1993 ausgerichtet von Gertrud Kolmars Nachlassverwalterin Johanna Woltmann, der profunden Kennerin und Biographin der Dichterin.

Auch wenn das Werk der Kolmar für sich allein stehen kann, ist doch ihr Lebensweg erhellend für ihre Dichtung. Wenn, wie ich gern formuliere, jeder Dichter aus Erfahrungen Erfindungen macht, so trifft dies insbesondere für die Dichtung der Kolmar zu: »Erlebnisdichtung« im tiefsten, im Goetheschen Sinne, Transformation persönlichen Erlebens ins Universelle.

Leicht sind wir Deutschen geneigt, im Falle einer jüdischen Autorin deren existentielle Gefühle des Andersseins und der Fremdheit vor allem im Dritten Reich der gesellschaftlichen Ächtung und Verfolgung zuzuschreiben; doch ist wohl immer auch Privateres, Persönlicheres im Spiel.

Gertrud Kolmar wurde 1894, noch zu Lebzeiten Theodor Fontanes, in eine ganz und gar bürgerliche Welt geboren. Ihr Familienname ist Chodziesner, nach einer kleinen Kreisstadt in der Provinz Posen, dem Geburtsort des Vaters. Den deutschen Namen dieser Stadt, »Kolmar«, wählte die Dichterin später als Pseudonym. Wie für viele Ostjuden war auch für den Vater Gertrud Kolmars der soziale Aufstieg mit einem geographischen und kulturellen Wechsel verbunden. Der Vater, Sohn eines Kurzwarenhändlers, studierte Jura und ließ sich in Berlin als Rechtsanwalt nieder. Dort heiratete er Elise Schoenflies, Tochter eines Berliner Stadtverordneten. Man war kaisertreu und liebte sein Vaterland – der Vater trug einen Bart à la Wilhelm II. und war stolz auf seine Ähnlichkeit mit diesem –, man war klassisch gebildet, kulturell interessiert, gesellschaftlich assimiliert.

Und doch ist anzunehmen, dass trotz des wohlhabenden kultivierten Milieus Gertrud Kolmar ihre Kindheit als wenig glücklich erlebte. In den Briefen an die jüngere Schwester Hilde kommt dies immer wieder zur Sprache.

In einer Fragment gebliebenen Biographie der jüngeren sucht diese für die so wenig freundlichen Erinnerungen der älteren Schwester eine Erklärung. Sie schreibt: »Dieses Mädchen ist in die falsche Zeit hineingeboren, in die satte, zufriedene Epoche des ausgehenden Jahrhunderts, und diese gutbürgerliche Lebensform entsprach kaum ihren eigenen ganz anders gearteten Gegebenheiten. Dazu kam, daß sie sehr allein war. ... Fotografien aus jener Zeit zeigen ein beinahe unkindlich ernstes Gesicht, interessant, aber nicht schön, in dem besonders die dunklen Augen auffallen. Es ist kaum vorstellbar, dass dieses Kind wie andere gespielt haben soll.«

Einsam fühlte sich Gertrud Kolmar nicht zuletzt, weil ihr die Mutter fremd blieb. Im Gegensatz zu dieser legte die Tochter auf Kleidung wenig Wert, zog sich »zum Kummer der Mutter« (so Hilde) sogar betont unvorteilhaft an. Sie verabscheute alles Äußerliche, jedes Geplauder, oder den »Charme«, wie ihn die Mutter versprühte, kurz: sie verschmähte alles gesellschaftlich Leichte, die Welt der lebenslustigen Bourgeoisie, die sie als Welt der Mutter ansah. Zugehörig fühlte sie sich zum Vater, den sie zum Symbol für einsame Größe und Heldentum verklärte. Schon hier zeichnet sich ein Muster ab, das sich später in ihren Liebesbeziehungen wiederholen sollte: je stärker der Vater von seinem Beruf absorbiert wird, je weniger Zeit er für sie hat, desto blendender erschien er in ihrer Phantasie. Ihre Erinnerungen an die Kindheit, die – wohl auch als Antidot gegen die nun unerträgliche Gegenwart – in den späteren Briefen an die Schwester immer intensiver und plastischer werden, sind voller Anspielungen auf abenteuerliche Kinderspiele; heldenhaft wollte sie sein, wie der Vater ihrer Phantasie. So aß sie am liebsten Linsensuppe, die sie für die »Blutsuppe der Spartaner« hielt, und wie Mucius Scaevola soll sie einmal ihre Hand in eine Kerzenflamme gehalten haben. Das kleine Mädchen wollte, so in einem Brief an die Schwester, »eine Heldin sein«.

Das Alltagsleben dieser Zeit ließ allerdings wenig Spielraum für »männliche« Muster, etwa für ein Streben nach Autorität und beruflichem Ernst, wie sie es beim Vater fand. So blieb ihr nur, das Männliche abzudrängen in die Phantasie und selbst eine Haltung der Demut und Opferbereitschaft zu entwickeln. Man muss nur die Kinderbilder der Kolmar betrachten, um diesen Rückzug auf die eigene, die innere Welt zu begreifen. Bilder eines Kindes, das sich in seiner Seele schon früh und fast immer »sehr allein« gefühlt haben muss. Verlassenheit, Einsamkeit, Sehnsucht werden die Grundakkorde ihrer Dichtung werden.

Erstaunt es da, dass die Kolmar mit vierzehn, fünfzehn Jahren ihre ersten Gedichte schreibt? Schreiben gab ihr nicht nur die Möglichkeit, ihre Isolation zu durchbrechen. Dichtung ermöglichte ihr zudem einen weiteren Zugang in die Welt des Vaters, der über eine breite klassische Bildung verfügte und auch selber schrieb.

 Gertrud Kolmar ist, so ihre Biographin Johanna Woltmann, noch keine zwanzig, als sie ihren ersten Gedichtzyklus, »Napoleon und Marie«, schreibt. Sie stellt die Liebesbeziehung zwischen dem Kaiser und der polnischen Gräfin Maria Walewska in einen magischen Raum; die verheiratete Frau erliegt dem Werben des Helden wie in Hypnose. Ihr Selbst ist ausgelöscht, aufgegangen in einem Größeren. Liebe als vollständige Unterwerfung unter den Willen des Geliebten. Die gesellschaftliche Ächtung läßt in Marias Augen ihr Opfer und damit ihre Liebe umso größer erscheinen und macht sie gleichzeitig am unabwendbaren Ende der Beziehung verzweifeln.

Geschrieben wurden diese Gedichte 1915, während die Bürgerstochter die hauswirtschaftliche Frauenschule Arvedshof bei Leipzig besuchte und dort in einem Kinderhort tätig war. 1916 machte sie in Berlin ihre Diplome als Sprachlehrerin für Englisch und Französisch.

Wo begegnete sie dem Mann, durch den sie eine Wirklichkeit erlebte, die schrecklicher war als alles, was sich ihre Phantasie hatte ausmalen können? Der Mann, von dem nur bekannt ist, dass er ein »Soldat« war, Offizier, und Karl Jodel hieß – dieser Mann konnte oder wollte sie nicht heiraten. Sie aber war schwanger.

Die gerade zwanzigjährige, von den Eltern abhängige Gertrud Kolmar war kaum reif genug, um selbst eine Entscheidung zu treffen. Die Mutter, der so viel an gesellschaftlichem Ansehen lag, drängte die Tochter offenbar zur Abtreibung. Sie folgte. Und beging einen Selbstmordversuch.

Kurz darauf vermittelte der Vater ihren ersten Gedichtband an den Verlag Egon Fleischel. 1917 erschienen dort »Gedichte«, ein Abgesang auf die Liebe zum »Soldaten«, auf das Ende einer Beziehung und den Verlust eines Kindes. Brutaler kann man es nicht erfinden: ihre erste Veröffentlichung, ihre Geburt als Dichterin, scheint wie ein Judaslohn für die Verweigerung der Geburt des Kindes.

Die Aufnahme der Kritik ist zurückhaltend, man spricht von einem »Frauenbuch für den Mann«, von einem »sympathischen Buch wie so viele«.

»Mutter und Kind«, »Mann und Weib«, »Zeit und Ewigkeit« ist der Band gegliedert, der in der Tat dem Zeitgeschmack entsprechend literarische Konventionen nutzt, eigene Erfahrung auszudrücken. Insbesondere die Beschwörungen glücklicher Mutter-Kind-Beziehungen dürfen als Versuche einer Bewältigung der Abtreibung gelesen werden, wobei hier schon ein Muster erkennbar wird, dass die Kolmar Jahre später auch sprachlich souverän zu nutzen weiß: die Abkehr von, mehr noch, die Umkehr der

 Realität in Sprachbilder, die die bittere Erfahrung Lügen strafen, sie in Sehnsuchtsliedern an ein Kind, in Wiegenliedern im Volksliedton vergessen machen wollen.

Erste Liebesgedichte der Kolmar sind, wen wundert's, Liebesunglücksgedichte. Und auch hier wird schon ein Muster erkennbar: die Selbstdarstellung als Selbstverschleierung; nicht nur im Rollengedicht, in den frühen Gedichten etwa »Soldatenmädchen«, »Lose Mädchen«, »Die Verlassene«. Doch bei aller formalen Sicherheit erscheinen diese Gedichte noch wie Fingerübungen. Festgehalten sei nur, dass schon hier viele Motive ihrer späteren Dichtung erkennbar werden, etwa das Motiv des Schleiers, des Kleides, der Verwandlung, der Nacht, des Engels; vor allem aber eine Stimmung des Heldenhaften, des Großen, des Erhabenen, eine Vorliebe für das Gewaltige.

Es ist Krieg. Gertrud Kolmar arbeitet als Briefzensorin im Gefangenenlager Döberitz bei Potsdam, ab August 1919 dann in verschiedenen Familien als Erzieherin. Doch ist ihr die Arbeit nur »ein Notbehelf«; sie war immer bereit, »alles stehen und liegen zu lassen, wenn …« Ja, wenn sie nicht immer die »Andere«, nie die »Eine« gewesen wäre, wie sie später an die Schwester schreibt.

Während eines Sommerurlaubs an der böhmischen Grenze wird Gertrud Kolmar einem Mann begegnet sein, dem sie mit »In memoriam 1918« in drei Zyklen ein Denkmal gesetzt hat. Oder doch nicht dem Mann? Jedenfalls kaum der realen Person. Waren der Kolmar ihre wirklichen Liebesobjekte letztlich nicht eher gleichgültig? In der Wirklichkeit aussichtslos und verloren, schafft sie sich in ihren Gedichten ihre unwirklichen Gefährten in sprachmächtiger Schönheit neu – und dauerhaft. Wie im Zyklus »Napoleon und Marie« gestaltet die Kolmar auch hier Stationen einer Liebesgeschichte. Im Vergleich mit den 1917 veröffentlichten Gedichten wird nun die Entwicklung zu einer eigenen Symbolik und Bildlichkeit deutlich. Bilder der Nacht und der Magie, Flamme/Feuer/Glut für erotisches Begehren stehen zwar noch in der literarischen Tradition, allerdings schon mit einer unverkennbaren persönlichen Färbung. Die Konstellation der Geschlechter in den frühen Gedichten mutet dabei nicht nur wie ein Modell für fast alle späteren Gedichte an, vielmehr auch wie eine *self-fullfilling prophecy* als Muster für die realen Liebesbeziehungen der Kolmar. Immer ist der Mann der dominierende Part, dem die Frau sich hingebungsvoll unterordnet. Nur in der Erotik ist in der Verschmelzung der Unterschiede Gleichheit möglich – vorübergehend. Liebe als Wechselspiel von Macht und Ohnmacht, als Lockung und Hingabe, aber auch als Fürsorge und als Wunsch nach Nähe. Über allem aber steht eine Bereitschaft zum Leiden, weshalb Johanna Woltmann wohl zu Recht von einem »existentiell verstandenen Masochismus« spricht.

1923 ziehen die Eltern nach Finkenkrug am Rande Berlins. Jahre vergehen; die Kolmar ist zweiunddreißig Jahre alt, als sie Ende 1928 ihre Stellung aufgibt, um die Pflege der kranken Mutter zu übernehmen, den Haushalt zu führen und ihren Vater im Büro zu unterstützen. Jetzt findet sie endlich Ruhe und schreibt hier ihre großen Gedichte.

Zwar klagt sie mitunter über ihr »Einsiedlerleben«, aber wichtiger ist doch, dass ihr in dieser Stille und Abgeschiedenheit die Konzentration auf sich und ihre Dichtung gelingt. Und sie findet hier, was sie später, nach dem von den Nationalsozialisten erzwungenen Umzug in die Stadt, so schmerzlich vermissen sollte: »das Bleibende: Tier und Pflanze, das immer Wiederkehrende, im Werden und Vergehen Beständige«.

Wie sehr sich Gertrud Kolmar nun als Dichterin entwickelt, aber auch wie unwandelbar sie mit der ersten Veröffentlichung schon eines ihrer Themen gefunden hatte – das der unerfüllten sehnsüchtigen Liebe –, zeigt der Vergleich zweier Gedichte, die beide den Titel tragen: »Die Verlassene«.

1917 umfaßt der Titel drei Gedichte, konventionell in Form und Inhalt (S. 7–9).

Und sechzehn Jahre später (übrigens immer noch mit einer Widmung: »An K. J.«): »Die Verlassene« aus dem Zyklus »Weibliches Bildnis«, etwa 1932 abgeschlossen (S. 42f.).

Fast aggressiv trumpfen die drei ersten Strophen auf mit nahezu gewalttätigen Bildern. Nicht als Bettlerin, die sich erbärmlich macht, um Erbarmen zu erzwingen, tritt die Verlassene auf; sie ist die Jägerin, der Geliebte die Beute. Sprachmächtig gibt die Frau dem Mann den Abschied. Bestimmt, aber ohne Groll nimmt die Verlassene den Verlorenen in Besitz. Erst im Verlust ist er ganz ihr eigen. Indem die Verlassene ihr Leiden abschreibt, schreibt sie sich den Geliebten wieder zu. Ganz so, wie sie sich nach dem Verlust des Kindes ihr Wörterkind erschafft.

Aus dem dürftigen dokumentarischen Material glauben wir zu wissen, dass nicht nur ihre erste, sondern alle Liebesbeziehungen der Dichterin scheiterten. In ihren Briefen beteuerte sie immer wieder ihre Sehnsucht, in der Rolle als Ehefrau und Mutter aufgehen zu dürfen. Im Leben hat sie diese Möglichkeit nie gefunden. Hat sie sie wirklich gesucht? Ist sie als Frau »gescheitert«?

»Ich habe die Vokabeln ewig, beständig, treu (soweit sie auf meinen Partner Anwendung finden sollten) von vornherein aus meinem Wörterbuch gestrichen. Wozu wohl auch schon der Umstand mich führte, dass ich niemals die ›Eine‹, immer die ›Andere‹ war.«

Empfand sie selbst ihre Beziehungen als enttäuschend? An die Schwester: »Wirst du mir glauben, wenn ich hierhersetze: ich habe niemals eine Enttäuschung erlebt? Und: Die Wirklichkeit war stets unausdenkbar schöner als alle Illusionen? Glaubst du mir das? Es war so für mich. ... Ich kannte den hohen Preis, den ich zahlen würde, da gab es keine Enttäuschung.« Und sie gesteht freimütig, dass das erzeugte Gefühl schließlich wichtiger war als der Erzeuger dieser Gefühle selbst: »Ich hatte eine geringe Entzündbarkeit und fing nicht leicht Feuer ... – brannte es aber (wie selten!) einmal, dann auch mit starker und dauernder Glut. Mein Gefühl besaß dann die Eigenschaft König Midas', dem alles, was er berührte, in den Händen zu Gold ward; es ging auf gleich einer großen Sonne und vergoldete noch jeden Fleck, jeden Tümpel, jede Pfütze. Und schließlich war es gar nicht so wichtig mehr, was der tat, wie der sich verhielt, dem es seinen Aufgang, seine Wärme, sein Strahlen verdankte. Die Sonne scheint über Gerechten und Ungerechten ... Begreifst du, dass ich da niemals enttäuscht ward, nie enttäuscht werden konnte?«

Gertrud Kolmar nötigte ihre Sprache nie zur Dichtung. »Auch mein Flussbett trocknet nicht selten aus; aber dann quäl ich mich nicht damit ab, ihm künstlich Kanalwasser anzuleiten, sondern warte still, bis der Regen des Himmels die versiegte Flut erneut.« Was dann wie in Ekstase, wie im Rausch geschrieben erscheint, nimmt seinen Anfang aus »einem Ohnmachts-, einem Verzweiflungszustande … ich muss mir sagen: ich werde nichts mehr vollbringen. Dann ist die rechte Stunde da. Und es beginnt der ›Rausch‹, die ›Ausschweifung‹«.

Wie um einen Geliebten rang die Kolmar mit der Sprache, um die Sprache. Nur durch die Sprache konnte sie sich wieder mit der Welt vereinigen. So entstand ein neuer Kosmos, das Gedicht. Nur in diesem Kosmos konnte sie leben und erleben nach eigenen Maßstäben. Denn diese waren nicht von dieser Welt, einer Welt, die sich aus ihren eigenen Grenzen definierte. Grenzenlosigkeit ist der Zustand, den die Dichterin sucht, grenzenlos wie das Gefühl der Liebe; aufgehoben werden selbst die Grenzen des Ich. Die Liebende will sich im anderen verlieren, um sich selbst zu finden; die Frau gibt sich schutz- und schamlos preis. Immer wiederkehrend sind in den Gedichten die Gesten der Unterwerfung unter die Macht des Mannes. Die Frau bietet sich an, ihre Hingabe kennt kein Maß, sie will den Geliebten ganz. Nicht zum heimeligen Genuss wird verlockt:

 das Verlangen der Frau ist dämonisch, durchdrungen von Lust und Schmerz: »Mann ich träumte dein Blut, ich beiße dich wund / Kralle mich in dein Haar und sauge an deinem Mund.«

In immer neue Rollen schlüpft die Dichterin, doch was entsteht, ist weit mehr als das traditionelle Rollengedicht. Es sind Verwandlungen, wie sie sich schon in den frühen Gedichten andeuten, wenn sich die Frau wegen »der Leute« in einen Hund verwandelt, um sich mit ihm auf der Straße blicken lassen zu können.

Nun aber gelingen der Kolmar Wortschöpfungen von geradezu alttestamentlicher Wucht, eine entfesselte Gestik des Sprechens schafft Bilderräume, Metamorphosen und Anverwandlungen des Ich in Pflanzen, Tiere, Mineralien, Gewässer: ein geradezu dämonisches magisches Universum. Und umgekehrt lockt sie die Objekte ihrer Sehnsucht – das Kind, den Geliebten – noch aus dem kleinsten und unscheinbarsten Gegenstand hervor.

Die Beziehung zum Mann erfährt die Kolmar nie als Ergänzung, sondern immer als einen Antagonismus der Geschlechter und als Gegensatz von Ich und Welt, Natur und Gesellschaft. Die Welt der Männer, das ist für sie die Welt mit »versiegelten Ohren« und »starken Taggedanken«: »Zahl und Nam will seine Träume haben.«

Die gesellschaftliche Welt ist die des Mannes, un-

zugänglich, fremd und der Frau verschlossen. Und
weil diese Welt sich abwendet von der Frau, wendet diese ihre Liebe, ihre Verehrung Tieren und Pflanzen zu, die, wie die Liebenden, ohne Berechnung und Entfremdung leben und von der Welt der Vernunft ausgeschlossen sind. Auch das erotisch-sexuelle Erlebnis wird immer wieder ins Naturhaft-Kosmische gesteigert; ungelebte körperliche Sinnlichkeit transzendiert in eine überwältigende sinnliche Sprache, nicht erlebte Ekstasen in Wortekstasen erschaffen. Weite Räume entstehen, Ketten von Analogien werden gebildet, ein Bild in viele Bilder aufgefächert, eine Abfolge bestürzender Bilder, Bewegung in Bildabfolge und Bildern selbst lassen das Licht der Rationalität erlöschen, erzeugen ein gleißendes Flackern, Bilder wie in Trance.

»Oh du! … Nur du! … Ich spülte deine Glieder
Und warb und klang und schäumte über dir.
Und alle Winde küßten meine Lider,
Und alle Wälder stürzten in mich nieder,
Und alle Ströme mündeten in mir.«
(»Meerwunder«)

In den Zyklen »Die Frau und die Tiere«, und »Tierträume«, die wie die Zyklen »Weibliches Bildnis« und »Kind« in den besonders schöpferischen fünf Jahren von 1928 bis 1933 enstanden, erobert sich Gertrud

 Kolmar nun ein neues Thema, einen neuen Zugang zur Welt. Ihre eigene Existenz dehnt sie ins Kosmische, Naturhafte aus: »Ich bin ein Weltteil«; »Ich bin nur ein Ackerstrauß«; »Ich bin der Ostwind«; »Ich bin das Finstre«; »Ich bin der Himmel«; »Ich bin die Kröte«; »Ich bin der Aal«. Usw.

Ausgangspunkt der Visionen sind häufig – und hierin ist die Kolmar der Droste verwandt – detaillierte Naturbeobachtungen, sinnliche Eindrücke. Oft von unscheinbaren Tieren, die gemeinhin Ekel hervorrufen: Etwa von der »Kröte« (»Tierträume«): »Mag ich nur ekles Geziefer dir sein: / Ich bin die Kröte / Und trage den Edelstein: ...«

Im dichterischen Bild jedoch werden diese Sinneseindrücke von ihren konventionellen Benennungen befreit und dadurch von ihrer Erscheinungswelt abgelöst. Ein Gefühl der Einheit zwischen Mensch und Natur entsteht, wenn das Ich sich in die Außenwelt verströmt, die ihrerseits das Ich durchdringt. Jeder sichtbare Umriss wird innerer Eindruck, jeder Eindruck prägt sich der Außenwelt auf, der Körper selbst verwandelt sich, erstreckt sich als Landschaft:

»... Und das Kleid schwillt nun
Und ich muß wachsen, daß es mir noch ziemt,
Drin Fische, wie sie niemals wirklich tun,
Um meine Brüste schweben, purpurblau gekiemt

Der Erde Körner sind hineingesät.
Aus meiner Schulter bricht ein Felsengold
...«
(»Die Einsame«)

Gertrud Kolmar ist nun auf dem Wege, ganz zu sich als Dichterin zu finden – da wird Hitler Reichskanzler. Zwischen August und Oktober 1933 entsteht dennoch wieder ein Zyklus, dessen Überlieferung wir Hilde Benjamin, der Schwägerin Walter Benjamins, eines Vetters der Kolmar, zu verdanken haben. Derselben Hilde Benjamin, die später zunächst als Vizepräsidentin des Obersten Gerichtshofs der DDR, dann unter Ulbricht als Justizministerin berüchtigt wurde. Sie war seit 1926 mit Walter Benjamins jüngerem Bruder Georg, einem sozial engagierten Arzt und aktiven Kommunisten, verheiratet. Gertrud Kolmar hatte ihr die Gedichte nach der Deportation des Vaters anvertraut. Zusammen mit den Briefen und Papieren ihres Mannes, den die Nazis im KZ Sonnenburg im Dezember 1933 umgebracht hatten, bewahrte Hilde Benjamin diese Gedichte bis zu ihrer Veröffentlichung 1978 auf.

Bis 1938 boten Haus und Garten in Finkenkrug noch eine, wenn auch zunehmend gefährdete Rückzugsmöglichkeit aus der Gesellschaft, und es gelang Gertrud Kolmar, wenn auch immer mühsamer, persönliche und politische Welt zu trennen. Sie erlebte sogar noch einmal eine Liebe. Unvollendet, wie auch ihre anderen Beziehungen. Karl Josef Keller hatte zwei Gedichte von Gertrud Kolmar, die 1930 im »Insel-Almanach« erschienen waren, gelesen, und er, der früh die Mutter verloren hatte, fühlte sich offenbar von einem machtvollen mütterlichen Zauber angesprochen und stellte sich ihr als Besonderer dar, als Dichter und Abenteurer, als Seemann und Klabautermann. Gertrud Kolmar war von dieser scheinbar heldenhaft starken Männlichkeit fasziniert, ein Briefwechsel entstand, in dem man die grandiosen Rollen vertiefte und ausspann; 1934 trafen sie sich für wenige Tage in Hamburg, Lübeck und Travemünde. Dann trennte man sich – für immer. Er erleichtert, weil sie seinen Vorstellungen von einer starken, großen, selbstsicheren Person so gar nicht entsprochen hatte; sie voller Glück über eine für sie wiederum als erfüllt erlebte Begegnung. 1937 heiratete Keller, was er ihr verschwieg. Bis 1939 beantwortet er ihre Briefe, dann bricht er den Kontakt aus Angst vor Repressionen ab. Gertrud Kolmar jedoch verklärte die Begegnung nicht nur in ihren Erinnerungen, wie die Briefe an die Schwester zeigen. Sie schrieb zwei Zyklen, »Welten« und »German Seas«, die ihre reifsten und schönsten Liebesgedichte enthalten. In visionären Meditationen gelingen der Kolmar traumhafte Entrückungen ins

Universum der Phantasie. Sind die Bilder, Metaphern, Metaphernketten schwer zugänglich? Auch die schwierigsten Bilder, wenn man sich sie zu sehen bemüht, beginnen sich zu öffnen, zu erschöpfen nie. Kolmars Innenräume sind nicht auszuschreiten. Aber ihr Lockruf, der in vielen Gedichten den Geliebten herbeisehnt, ihr »Komm«, fordert auch den Leser auf, die Dichterin hinter ihren Schleiern aus überbordenden Bildern und Metaphern zu entdecken, mit denen sie uns ergreift. Denn uns zu ergreifen, das gelingt ihr, aller Rätselhaftigkeit zum Trotz, gewiss.

Die Vertreibung aus dem Haus in Finkenkrug, wenige Tage nach dem Novemberprogrom 1938, zerstört letzte Sicherheiten und Rückzugsmöglichkeiten. Gertrud Kolmar aber nimmt auch dieses Schicksal an, gelenkt vom Glauben, »dass der Mensch, wenn auch nicht immer und nicht überall, ein äußeres widriges Geschick aus seinem eigenen Wesen heraus zu wandeln vermag, mit ihm ringen kann, wie Jakob mit dem Engel kämpfte: Ich lasse dich nicht, du segnest mich denn.« Und sie gesteht ihrer Schwester, in diesen Jahren viel gelernt zu haben, vor allem aber das eine: »Amor fati, Liebe zum Schicksal. Die ist keimhaft wohl immer in mir gewesen, vielleicht auch schon als grüner Schaft; aber erst jetzt hat sich die Blüte entwickelt.«

Die »verhinderte Asiatin«, die ihr »Gesicht nach Osten gekehrt hat«, identifiziert sich nun ganz mit ihrem Volk, genauer: mit seiner ostjüdischen Tradition, da sie das Scheitern der westjüdischen Assimilation nur allzu schmerzhaft erfahren musste. Jeder Vers ihres großen ergreifenden Liebes-Gedichts »Wir Juden« legt Zeugnis ab von dem Glauben dieses Volkes, von seiner Gewissheit der Erlösung, trotz aller Verachtung in dieser Welt. So tief ging diese Annäherung an die Geschichte der Juden, dass die Kolmar mit fünfundvierzig Jahren noch Hebräisch zu lernen begann; sie verfasste sogar einige Gedichte in ihrer »Vätersprache«, wie sie schrieb, die jedoch verloren gegangen sind.

Wieviel Kraft muss es gekostet haben, sich allein nur von dem, was wir Alltag nennen und was für jüdische Mitbürger im Dritten Reich eine einzige zunehmende Kette von Demütigungen, Grausamkeiten und Gefahren war, nicht aufreiben zu lassen! Gertrud Kolmar, die sonst nie geklagt hatte, berichtet nun aus dem Leben in einer Berliner Wohnung, in dem sie anderthalb Zimmer mit ihrem Vater teilt. Kein Zimmer »für sich allein« ist ihr geblieben, die zwangseingewiesenen Mieter, Juden aus dem bürgerlichen Mittelstand, wechseln ständig und erscheinen ihr oberflächlich und geschwätzig. Auch vom vergreisenden Vater entfremdet sie sich.

Auswanderungspläne werden verworfen. Sie, die Sprachgewandte, hätte leicht im Ausland Fuß fassen können, will aber den Vater nicht allein lassen. Die Stille, die sie zeitlebens gesucht hat und die ihr in den letzten Jahren in Finkenkrug so selbstverständlich geschenkt worden ist, kann sie nun nur noch in sich selber schaffen.

Morgens, wenn der Vater, nur durch eine Decke von ihrem »Zimmer« getrennt, noch schläft, schreibt sie an einer Erzählung; 1940 ist »Susanna« fertig. Und sie ist daher »zuweilen ganz glücklich: Denn mich dünkt, es muss schon eine wirkliche echte Kunst sein, die nicht auf stundenlange Muße, nicht auf Schreibtisch und Sessel, auf den Frieden eines Arbeitszimmers und alle äußere Ruhe und Bequemlichkeit angewiesen ist, sondern imstande ist, jede Ungunst von Zeit und Raum zu besiegen.« Sie ist nun stolz auf ihre Berufung zur Dichterin, das Wort »Schriftstellerin« lehnte sie stets für sich ab – sie versteht ihre Begabung als tiefer verwurzelt, als etwas, das »sich nicht ausreißen« lässt.

Als sie 1941 zur Zwangsarbeit zunächst in Lichtenberg, später in einer Charlottenburger Munitionsfabrik verpflichtet wird, findet sie auf dem Gesicht einer Zigeunerin, was sie der Schwester als ihr Ideal schildert: »eine undurchdringliche Abgeschlossenheit, eine Stille, eine Ferne, die durch kein Wort, keinen Blick der Außenwelt mehr zu erreichen war … Und ich erkannte: Dies war's, was ich immer besitzen wollte und doch noch nicht ganz besaß; denn wenn ich es hätte, würde nichts und niemand mir von außen etwas anhaben können. Ich bin aber schon auf dem Weg dazu, und das freut mich …«

Als Gertrud Kolmar dies schrieb, waren es noch anderthalb Jahre bis zu ihrer Deportation. Im Frühjahr 1941 hatte man ihren achtzigjährigen Vater in die sogenannte Altensiedlung nach Theresienstadt verschleppt. Im gleichen Jahr lernt sie in der Fabrik einen sechsundzwanzig Jahre jüngeren Mann kennen, was sicher dazu beitrug, dass sie sich, wie sie an die Schwester schrieb, nur noch in der Fabrik »zu Hause« fühlte.

Wenige Tage nach ihrem letzten Geburtstag, am 15. Dezember 1942, schreibt sie ihrer Schwester: »So will ich auch unter mein Schicksal treten, mag es hoch wie ein Turm und lastend wie eine Wolke sein. Wenn ich es schon nicht kenne: ich habe es im voraus bejaht, mich ihm im voraus gestellt, und damit weiß ich, dass es mich nicht erdrücken wird, mich nicht zu klein befinden …«

Zwei Monate später, am 27. Februar 1943, wird Gertrud Kolmar im Verlauf der sogenannten Fabrikaktion zusammen mit anderen jüdischen Zwangsarbeitern in Berlin verhaftet und einige Tage später nach Auschwitz transportiert.

Am 3. März 1951 reiht man sie auf dem Standesamt Berlin Schöneberg in die Liste der sechs Millionen ermordeter Juden ein: »Gertrud Chodziesner, ohne Beruf, ledig, deutscher Staatsangehörigkeit, zuletzt wohnhaft in Berlin Schöneberg, Speyrer Str. 10, ist durch Entscheidung des Amtsgerichts Schöneberg in Berlin-Schöneberg vom 2. Mai 1951 für tot erklärt worden ... Als Zeitpunkt des Todes ist der 2. März 1943 festgestellt.« Die Todeserklärung von Gertrud Chodziesner trägt die Nummer 52095.

Gertrud Kolmar – ohne Beruf? Ihr Werk zeigt uns, dass sie mehr hatte als einen Beruf: eine Berufung.

Die Dichterin

Du hältst mich in den Händen ganz und gar.

... Der du dies liest, gib acht;
Denn sieh, du blätterst einen Menschen um.
Doch ist es dir aus Pappe nur gemacht,

Aus Druckpapier und Leim, so bleibt es stumm
Und trifft dich nicht mit seinem großen Blick,
Der aus den schwarzen Zeichen suchend schaut,
Und ist ein Ding und hat ein Dinggeschick.

Und ward verschleiert doch gleich einer Braut
Und ward geschmückt, daß du es lieben magst,
Und bittet schüchtern, daß du deinen Sinn
aus Gleichmut und Gewöhnung jagst
...

Im Katalog zur Marbacher Ausstellung über Gertrud Kolmar machte ich eine aufregende Entdeckung: In den dreißiger Jahren hat Gertrud Kolmar für kurze Zeit in Hamburg als Erzieherin gearbeitet und direkt in meiner heutigen Nachbarschaft gewohnt. In dem Gedicht »Die Stadt« beschreibt sie den Weg an der Alster entlang in die Innenstadt, so, als könnte ich ihr dort jeden Tag begegnen. Auf meine Weise.

Für Gertrud Kolmar

Kinder geliebt und erzogen zur Welt gebracht
keines. Abgetrieben. Die Mutter hat es gewollt.
Etwas wie Kinderweinen ist seither in deinen Gedichten
und deine Fruchtbarkeit ungebraucht durch die Jahre geschleppt
in kunstreichen Genitiven überbordenden Bildern Metaphern
gegen die Trauer immer die Andere nie die Eine zu sein.

Was blieb dir übrig? Du hülltest dich in Sonnenuntergänge
trugst Grün und Gold in blühendem Geschmeide
Garten im Sommer wo die Zeit sich festzusetzen schien
hast du gelebt *umtönt von Bienenchören*
mit dem *großen plündernden Buntspecht*
mit Reiher Eichhorn Ottern Hummeln dem Specht der Kröte

Ich bin die Kröte und trage den Edelstein ...
Weltversunken im Schneckenhorn.
        Von draußen kaum vernehmbar
das Sausen des Fallbeils. Für kurze Zeit

hast du in meiner Nachbarschaft gewohnt.
        Zu Aal und Sprotten
hätt ich dich geladen zu braunem Brot
        mit Korinthen gefüllt oder
mit Salz und Kümmel bestreut wie du es gern aßest.
Hier gingst du durch *Die Stadt* zum letzten Mal vielleicht
mit einem *Hand in Hand.*
Drunten am Uferwege sitzt noch immer
einer und malt die *blattlos hängende Weide* und der Bootssteg
ist noch immer glitschig und algengrün.
Drei Schwäne über den Wellen ich breche wie du das Brot
werfe es weit *in die Flut.* Auch er ließ dich los.
Zu finster dein Haar zu düster dein Auge. Dein Stern zu nah.
Ein Flicken.

Als es keinen mehr gab der dich liebte lerntest du
dein *Volk im Plunderkleid* zu lieben.
Als es keinen mehr gab der dich hörte schriest du
der Nacht ins Ohr dein Gedicht
Kalamattasprache Jerusalemitisch.

(Ulla Hahn)

Textnachweis

Die Gedichte folgen den Ausgaben:
Gertrud Kolmar: Das lyrische Werk. München: Kösel, 1960
Gertrud Kolmar: Frühe Gedichte (1917–22). Wort der Stummen (1933). München: Kösel, 1980.

Die Gedichte entstammen den folgenden Zyklen:

Meins aus »Mutter und Kind«
Soldatenmädchen; *Die Verlassene* aus »Mann und Weib«
Das Kleid; *Hörst du mich?*; *Gedanken*; *Märchen*; *Einsamer Tanz*; *Träume* aus »Früher Zyklus I. In memoriam 1918«
Chronik; *Wintermorgen* aus »Früher Zyklus II«
Junge Kinder; *Das große Feuerwerk*; *Die Tage* aus »Früher Zyklus III«
Die Sterne aus »Napoleon und Marie«
Verwandlungen; *Eisvogel*; *Der sonderbare Tanz* aus »Mein Kind« (*Erde* ist aus diesem Zyklus ausgesondert)
Die Geliebte; *Die Gesegnete*; *Die Verlassene*; *Singende Mutter*; *Die Sünderin*; *Die Stickerin* aus »Weibliches Bildnis«
Die Schwarze; *Der Wal*; *Fischkönig* aus »Tierträume«
Uneingestandene Liebe; *Stein*; *Liebe* aus »Uneingestande Liebe«
Wappen von Bücken; *Wappen von Königswalde* aus »Das Preußische Wappenbuch«
Wir Juden aus »Das Wort der Stummen«
Leda; *Nächte*; *Wacht* aus »German Sea«
Garten im Sommer; *Die alte Frau*; *Die Stadt*; *Sehnsucht*; *Zueignung* aus »Welten«
Esther aus »Vier religiöse Gedichte«

Inhalt

Gestaltung: Cornelia Feyll, Friedrich Forssman
Satz und Druck: Reclam, Ditzingen
Buchbinderische Verarbeitung: Kösel, Krugzell
Printed in Germany 2014
RECLAM ist eine eingetragene Marke
der Philipp Reclam jun. GmbH & Co. KG, Stuttgart
ISBN 978-3-15-010848-2
www.reclam.de